ねんてんさんの名句百選

坪内稔典

潮新書
051

潮出版社

はじめに

近所に高校二年生の孫がいる。ある日、やってきた彼女は、「おは！」と言ってドアを開けた。で、彼女が帰るとき、「さよ！」と言ってやった。「おはよう」を短縮した「おは！」に一矢《いっし》報いたつもりだった。彼女、エッ？という表情をしたが、すぐに「ヤーサス！」と応じて帰って行った。「ヤーサス」の意味が分からず、「やあ、さすがだよ、じーじ」という意味かと思ったが、後で調べてみたらギリシャ語のさよならだった。私の完敗である。すがすがしいというか、後味のよい負けであった。

俳句という短い表現は、右のようなやりとり（問答）に根差している。日本語には挨拶語、ことわざ、格言、標語、いろはカルタ、四字熟語などのごく短い表現がある。その短い表現の中で詩的な力を発揮しているのが俳句だ。

では、詩的な力とは何か。

三月の甘納豆のうふふふ

水中の河馬《かば》が燃えます牡丹雪

右は私の俳句だが、甘納豆が笑うことは現実的ではない。水の中でカバが燃えるなんてこともありえない。でも、これらの句の風景を頭に思い描くことはできるだろう。つまり、日常ではありえないことが五七五の言葉の世界で起こっている。五七五という形式と季語を手掛かりにして、現実とはちょっと違う言葉の世界を作る力、それが俳句の詩的な力である。

私の好きな俳句を鑑賞したこの本では、それぞれの句の詩的な力に「おは！」とか「さよ！」とか「ヤーサス！」と応じたつもりだ。この本の読者もまた、それぞれの句に反応していただきたい。私の反応に同感してもらうとうれしいが、できれば私とは違った反応もしてほしい。いろんな、すなわち多様な反応が私たちの短い表現を豊かにする。先に挙げた挨拶語以下の短い表現は、そのどれもがやりとりにおいて生き生きとする。もちろん、俳句も同様である。作者の作った非現実的な言葉の世界に受け手（読者）が反応して俳句ははじめて成り立つ。

この本は聖教新聞に連載中の「ねんてんさんの名句旅」を元にしている。新聞の連載に当たっては聖教新聞学芸部の方々、ことに西村周一郎さんになにかと世話になっている。その連載を『ねんてんさんの名句百選』としてこの手軽な新書に仕立ててくれたのは潮出版社の末永英智さん。西村さんも末永さんも、そして私もだが、この本を手にした方が、百句の詩的な力にどのように反応されるか、それをとっても楽しみにしている。

最後に私事。この本にサインして、私は冒頭に書いた高校生に献じるつもりだ。彼女の反応を見たい。

坪内稔典

ねんてんさんの名句百選

目次

装丁／清水良洋（Malpu Design）
本文デザイン・ＤＴＰ／
株式会社明昌堂

第1章

春

spring

春風や象引いて行く町の中

正岡子規《しき》

春風駘蕩《しゅんぷうたいとう》という四字熟語《じゅくご》がある。春風がのどかに吹くさまであり、転じて態度や気分がのんびりしているようすを言う。要するに、春風はのどかに吹く、そして気分をのんびりゆったりさせる。

子規の句、その春風の吹く町の中を、象を引いて人々が進んでいる。一頭の象というより、何かのパレードかもしれない。そのパレードの中心に象がいる。日本の現実にある風景としては考えがたいが、絵の風景として、目に浮かべることができる。

春風の中へ象が登場したら、まさに春風駘蕩、この世は泰平《たいへい》だろう。この句、一八九七年の作。

子規には「春風にこぼれて赤し歯磨粉」という句もある。象とか歯磨粉とかのちょっとした意外なもの、それを春風と取り合わせている。

彼は俳句の方法として写生を説いたが、取り合わせによって目に見えるような風景を描くこと、それが子規の写生であった。

春風や闘志いだきて丘に立つ

高浜虚子《きょし》

丘に立っているのはどのような人か。野球部の中学生、新入社員、それとも中年の父親？　誰を想像するかで俳句の風景が大きく変わるだろう。

この句、一九一三年の作だが、作者に即《そく》して鑑賞すると、この句の闘志は俳句を作る自分の闘志である。

小説家として活躍していた虚子は、この年、俳句に復活し、定型と季語を核にした写生的な俳句を守ろうと決意したのだった。

もっとも、作者の思いにとらわれる必要はない。読者はそれぞれの思いに即して春風の丘に立ってよい。つまり、作者の思いや事情を離れて鑑賞するとき、この俳句は生き生きと広がる。

俳句は作者を離れて鑑賞すべき文芸である。五七五の言葉自体を楽しむのだ。では、私の五七五をどうぞ。「春の風ルンルンけんけんあんぽんたん」。口ずさんで自由に鑑賞してほしい。

四方より花吹き入れて鳰《にお》の海

松尾芭《ば》蕉《しょう》

「鳰の海」は琵琶湖の別称。その琵琶湖に四方から桜の花が吹き込んでいる。琵琶湖をかなり上空から俯瞰《ふかん》している感じ。あっちの岸、こっちの岸から花が散っており、湖面では水鳥の鳰（カイツブリ）が遊んでいる。

この句、「鳰の海」を「鳰の波」とする本もあるが、私は「鳰の海」を採る。大景としての琵琶湖は「鳰の海」であり、「鳰の波」では風景に広がりを欠く、と感じるから。要するに、琵琶湖という大きな器に桜が四方から散り込んでいるのだ。

そういえば、親しくしていた歌人の河野《かわの》裕子《ゆうこ》に「たっぷりと真水を抱きてしづもれる昏《くら》き器を近江と言へり」がある。この歌の「近江」は琵琶湖、すなわち鳰の海である。

裕子は芭蕉の句の寸前の景を詠《よ》んだのか。あるいは花の散り果てた景だろうか。

芭蕉は一六九四年、裕子は二〇一〇年に他界した。二人は今ごろ、あの世から花の散り込む琵琶湖を眺めているかもしれない。

風に落つ楊貴妃桜房のまま

杉田久女《ひさじょ》

芭蕉の句は豪華な大景だが、久女のこの句は、小景が見事に豪華だ。『日本国語大辞典』で楊貴妃桜を引くと「サトザクラの園芸品種。花は淡紅色で外部は色濃く、径五センチメートルぐらいの八重咲き」と解説している。その楊貴妃桜が房のまま落ちたようすは、絶世の美女といわれる楊貴妃が倒れたというか、突然死したような感じなのだろう。

久女の桜にかかわる句では、「花衣ぬぐやまつはる紐《ひも》いろいろ」がことに有名である。「花衣」は花見用の着物。それを脱ぐとき、まつわっていた紐の多さに気づく。紐はあたかも女性をしばる社会的束縛《そくばく》のようだ、というのである。

一八九〇年に生まれ、大正から昭和初期にかけて活躍した久女は、近代女流俳人の草分け的存在であった。それだけに、まつわる紐を何かと感じただろうが、私は現在、花衣の句よりも楊貴妃桜の句を愛している。風に落ちた楊貴妃桜に女性の濃厚な存在を感じるから。いいな、久女！

菜の花や月は東に日は西に

与《よ》謝《さ》蕪《ぶ》村《そん》

与謝蕪村の句、菜の花が一面に咲く時期の夕べを大景として描いている。この句の光景は、京都南郊の大山崎《おおやまざき》のあたり、すなわち桂川と木津川の合流するあたりの光景らしい。

蕪村には他に「菜の花や和泉河内《いずみかわち》へ小商い」「菜の花や麻耶《まや》を下れば日の暮るる」「菜の花や鯨《くじら》も寄らず海暮れぬ」などがある。

和泉河内は和泉国と河内国、麻耶は摂津国にある山（神戸市の摩耶山）だ。鯨の句は紀伊国、現在の和歌山あたりの光景だろう。蕪村の時代、関西一円はどこも菜の花（アブラナ）が咲いていた。

ちなみに、元禄時代の松尾芭蕉には、菜の花の名句がない。菜の花は、蕪村の時代に都市の近郊で栽培されるようになったのだ。

もちろん、菜種油をとるためである。それまではエゴマの油が灯火になっていたが、菜種油になって都市の夜は急に明るくなった。

蕪村は京都の遊郭《ゆうかく》・島原での遊興を好んだが、菜種油の灯りのもとで酒を飲み、時には興《きょう》にのって絵筆をふるったと思われる。

菜の花の遥かに黄なり筑後川

夏目漱石《そうせき》

プロの小説家になった夏目漱石の第一作は「虞美人草《ぐびじんそう》」であった。一九〇七年に書かれたこの小説は、二人の青年が京都の比叡《ひえい》山に登る場面から始まる。

比叡山から二人が見下ろした京都市内は、川の両岸に菜の花がべったりとなすりつけたように咲いていた。漱石の時代、江戸時代以来の菜の花の時代がまだ続いていた。だが、明治時代には電気や石油が次第に普及、やがて菜種油の時代が終わる。

漱石の筑後川の句は一八九七年の作。「遥かに黄なり」が一面に咲く菜の花のようすを表現している。

当時、熊本の第五高等学校の教師だった漱石は、春休みに久留米の高良《こうら》山に登り、その山から筑後川を眺めたのである。

筑後川は阿蘇《あそ》山を水源として東から西へ流れ、有明海へと注ぐ九州最大の川。その大河が銀色に光って黄色い中を流れるさまが印象的だ。

朝はじまる海へ突込む鷗《かもめ》の死

金子兜《とう》太《た》

朝が始まった。そう思って、海へ目を転じたら、鷗がまるで入水するみたいに海へ突っ込んだ。以上のような光景の作品だ。作者は自解して、神戸港のふ頭で作ったと言い、鷗とゼロ戦（零式艦上戦闘機）を重ねている。出征していた若い日、トラック島で、ゼロ戦が撃墜《げきつい》されて海に突っ込むのを見たらしい（『いま、兜太は』二〇一六年）。だが、この句からトラック島を連想するのは、ほとんど不可能であろう。

私などは、この句の主人公として眠そうな若者を連想する。飲んでいて朝を迎えたか、あるいは思い悩んでいて朝になった若者だ。鷗は餌《えさ》を取るために突っ込んでいるのであり、死ぬわけではない。それを「鷗の死」ととらえたのは、主人公がデスペレート、すなわち絶望的な気分のなかにいるから。

以上、作者の意図をそれる読み方をしたが、作者の意図や思いと関わりなく読めると、その作品は名句になる。この無季の句、『金子兜太句集』（一九六一年）にあり、作者三十代の作。

猪《しし》が来て空気を食べる春の峠

金子兜太

兜太は二〇一八年二月、九十八歳で他界した。晩年は長寿の俳人として人気を博したが、実は彼は、一貫して俳句を拡げようとしてきた。長く俳句を続けていると、詩形の小ささに感性や思考がなじみ、その作る俳句もこぢんまりとしたものになりがち。兜太はそのような傾向にノンを唱え続けた。具体的には季語のない句や定型でない句も認め、小林一茶、種田山頭火《たねださんとうか》という俳句史的には、やや傍流の俳人を積極的に評価した。

晩年の兜太は各種の賞を受け、芸術院会員にもなったが、一人の俳人としては異端に近い姿勢を崩さなかった。「彎曲《わんきょく》し火傷《やけど》し爆心地のマラソン」「どれも口美し晩夏のジャズ一団」「暗黒や関東平野に火事一つ」「梅咲いて庭中に青鮫《あおざめ》が来ている」などが彼の代表作だが、これらは今もとびきり斬新《ざんしん》だ。

掲出《けいしゅつ》したのは句集『遊牧集』（一九八一年）にある作品だが、「空気を食べる」という表現が、猪を妙になまなましく、そしておかしく感じさせる。

咲かせばや我が家桜庭桜

正岡子規

咲かせたいなあ、わが家の桜を、庭の桜を、という句。

要するに、わが家の庭に桜があればいいなあ、という願望の句だが、これは、一八九三年の作。子規は、東京の根岸に住んでいた。四国・松山にいた幼い日、子規の家には大きな桜の木があって、花どきには近所で評判だった。子規はそれが誇らしく、自ら桜亭仙人と名乗った。桜の家の仙人という意味だが、彼は十一歳、まだ小学生だった。桜亭仙人は近所の仲間を集めて回覧雑誌「桜亭雑誌」を主宰《しゅさい》した。

翌年、中学生になると、こんどは香雲と号してさかんに漢詩を作った。香雲は桜が咲いて雲のように見えるさまを指すが、彼は書の先生に書いてもらった「香雲」の額を勉強部屋に飾っていた。

東京・根岸の彼の家に桜はなかったが、桜どきには折にふれて生家の桜を思い出したのだろう。つまり、桜亭仙人や香雲を名乗ったころへ帰ったのである。

猟《りょう》銃《じゅう》を抱かせてもらふ桜の夜

鳥居真里子

「桜の夜」とは桜どきの夜、あるいは夜桜を見た夜である。この句のそれは、さて、どっちだろう。どちらにしても、桜によって昂《たか》ぶっていた気分が、猟銃によってさらに昂ぶったのである。

句集『鼬《いたち》の姉妹』（二〇〇二年）から引いたが、句集ではこの句のすぐ後に「心臓はここここよ桜咲く」がある。

一九四八年生まれ、東京都足立区に住むこの作者は、私の俳句仲間だが、私たちの意識のはずれというか、現実と非現実の境界あたりを俳句で表現しようとしている。

玉子にて娘産みたしさくらの夜
春の月噴水は水脱ぎにけり
天上にちちはは磯巾着ひらく

私は彼女の右のような作を愛誦《あいしょう》しているが、どの句も少し不思議、そしてなんとも妖《あや》しい。

桜咲くころ鳥足二本馬四本

上島《うえじま》鬼貫《おにつら》

あたりまえである。別に桜の時期に限らず、四季のいつでも、鳥は足二本、馬は四本だ。

でも、桜の時期の人々は、なんとなく浮き足立つ。ことに現代人は、入学、卒業、入社、転勤などでそわそわする。

ことに近年の春は、新型コロナウイルスで異常な日々が続いた。でも、「鳥足二本馬四本」である。そのことにちゃんと気づくと、浮き足立つ気分がおさまるかも。

この鬼貫の句に近い作品を、もう一つ挙げよう。

永き日や鶏はついばみ犬は寝る（加《か》舎《や》白《しら》雄《お》）

季語「永き日」は、昼間の長くなった春の日。そのうららかな春の日に、鶏は餌をあさり、犬は寝そべって欠伸《あくび》をしている。この風景、江戸時代のものだが、現代の春の日だってほぼ同様だ。

鬼貫は、一六六一年に現在の兵庫県伊丹市に生まれ、自由奔放な作品を得意とした。白雄は、一七三八年に江戸に生まれた俳人。

永き日やあくびうつして
分れ行く

夏目漱石

春の日、お互いに欠伸をして別れたという句。気の置けない者どうしの別れだが、いいなあ、こんな別れ。じゃ、と手を軽くあげて、後は振り返ることもなく、互いにすたすたと遠ざかる。別れはこうありたい、と思わせる句ではないだろうか。

一八九六年の春、漱石は、四国の松山中学校から熊本の第五高等学校へ転勤した。この句、その際に松山の俳句仲間に贈った句らしい。当時の漱石は熱心に俳句を作っており、正岡子規を中心にした新派俳句のホープであった。

桜散るあなたも河馬《かば》になりなさい

これは私の作である。ある時、動物園へ行ったら、桜の散り舞う中でカバが大きく口を開けていた。口の中へも花びらが散っていた。悠然《ゆうぜん》としたカバのようすに魅了された。カバを見ていた小学生が、でっかい欠伸だなあ、と言い、カバの真似をして大きな欠伸をした。

風光る時計修理は窓向いて

谷さやん

鼻眼鏡の時計屋さんを想像するが、その想像はちょっと古すぎるかも。現代の風景だとすると、電池の入れ替えなどを窓辺でしているのかもしれない。あるいは、タイマーの調整などをしているのだ。ともあれ、「窓向いて」何かをする風景が好き。季語「風光る」は「春の陽光の中をそよそよと風が吹きわたるのをいう」（『広辞苑』）。

窓をあければ
風がくる、風がくる。
　光つた風がふいてくる。

これは、童話「ごん狐《ぎつね》」で有名な新美南吉の詩「窓」の第一連だ。第二連では遠い子どもの声、第三連では琥珀《こはく》色の空がやって来る。
　今回の句は俳句とエッセー集『空にねる』（創風社出版）から。作者は一九五八年生まれ。愛媛県松山市に住む、私の俳句仲間だ。

春めきし窓押上げて少年よ

高浜虚子

日本列島は南北に長いので、たとえば三月の末のころだと、九州や東京は春たけなわ、東北や北海道は早春かまだ冬のままという感じだろう。二〇二〇年度版の『理科年表』（丸善）によると、モンシロチョウの初見日は、福岡三月十七日、大阪三月三十一日、名古屋三月二十三日、横浜四月七日、仙台四月八日、札幌五月二日。こんなふうに季節がずれるのだ。つまり春めく度合いが各地で異なる。この季節の多様性というか重層性が日本列島の四季を豊かにしている。

さて、虚子の句だが、「少年よ」がいいなあ。窓を押し上げて開いた少年は、春の空へ飛翔《ひしょう》する感じだ。そういえば、虚子には「春風や闘志いだきて丘に立つ」という句もある。この句も、たとえばサッカーや野球に打ち込む少年を連想させるが、私は「少年よ」と具体的に呼びかけたこちらを愛誦している。この句、一九二五年の作、『ホトトギス雑詠全集』第一巻から引いた。

ゆきつくす江南の春の光りかな

松永貞徳《ていとく》

この作者は江戸時代の初めに活躍した。そのころの俳句は一種の謎解《なぞと》きであった。

この句の場合「ゆきつくす」にまず謎がある。この言い方には「雪尽くす」「行き尽す」が掛かっているのだ。〝雪が消えて春になった江南へはるばるとやって来た〞というくらいの意味。

次に「ゆきつくす江南」だが、これには漢詩が踏まえられている。「行き尽くす江南　数十程《すうじってい》／暁風《ぎょうふう》　残月《ざんげつ》　華清《かせい》に入る」――杜常《とじょう》の「華清宮」という詩の前半を引いたが、江南地方の数十日の旅の果てに、暁の風、有明の月と共に華清宮に入ったというのだろう。華清宮は玄宗皇帝と楊貴妃の出会った離宮として有名だ。この詩の季節は秋だが、貞徳は季節を春に転じた。また、離宮でなく、江南という広々とした風景を詠んだのも貞徳の技の発揮だった。

ちなみに江南は、中国では揚子江以南の土地を指すが日本では文字通り川の南でいいかも。わが家の孫の高校生にこの句を教えたら、ホームセンターのコーナンでもいいか、と言った。

風光る海峡のわが若き鳶《とび》

佐藤鬼房《おにふさ》

海峡の空で鳶が輪を描いている。その鳶は若い鳶だ。先の高校生（孫）にこの句を見せたら、「鳶が若いかどうか、分かるのかなあ」と言った。たしかに遠くを飛んでいる鳶の老若の判断はむつかしい。「若いと感じたんだよ。飛び方が若々しかったのだ」と応じたら、「どれが若い飛び方か、じーじには分かる？」と問い詰めてきた。「うーん、海峡を飛ぶ鳶に自分の若い姿を重ねているのかもね」と話したら、「なんで鳶なの。餌をいつも狙っていた、ということ？」とさらに攻めてきた。「飢《き》餓感《がかん》だよ、若い飢餓感」とちょっと得意になって断じたら、「じーじ、ロマンチストやん」と笑った。「やん」は関西弁で「〜だなあ」。ちなみに、この会話の後、どこかの海峡へ旅をしよう、という話が盛り上がった。

一九一九年生まれの鬼房は昭和後期の代表的俳人、岩手県釜石市を拠点に活躍した。話題にした鳶の句は句集『朝の日』（一九八〇年）にある。

外《と》にも出よ触るるばかりに
春の月

中村汀女《ていじょ》

俳句は覚えられなければならない。小説、自由詩などを丸ごと覚えるのはたやすくないが、すてきな俳句はすぐに覚える。

覚えた句は折にふれて口ずさむ。口ずさむことで、その句は広がってゆく。そのような俳句は〈口誦《こうしょう》の詩〉と呼んでよい。以上が私の俳句観の基本である。

汀女の、この春の月の句は、「たんぽぽや日はいつまでも大空に」「ゆで玉子むけばかがやく花曇」「咳《せき》の子のなぞなぞあそびきりもなや」などと共に、口誦の詩の見本ともいうべき作だ。

ところで、外へも出てみなさい。ほら、手が届くくらいに春の月が大きいですよ、という汀女の句は、「外にも出よ」という呼び掛けの「も」がポイントだろう。

室内ばかりにいないで外へも出てごらんよ、と内から外へ出ることを誘っているのだが、この句、一九四六年の作であり、太平洋戦争が終わった直後の開放的気分が「も」にこめられていると思われる。

子猫抱きかたむき歩く女の子

宇多喜代子

中村汀女は星野立子《たつこ》、橋本多佳子《たかこ》、三橋鷹女《たかじょ》と共に、名前の頭文字をとって「四T」と呼ばれた。この四T、昭和時代の代表的女流俳人だった。彼女たちの活躍の後を受けて、平成時代は女性の俳人たちが俳句界の大多数になった。女子会のように、あるいはランチの集まりのように、俳句が女性たちによって楽しまれる詩になったのだ。その現代の俳句の先頭に立ってきたのが一九三五年生まれの宇多さん。汀女は文化功労者になったが、宇多さんもまた令和最初の文化功労者として顕彰された。

汀女と宇多さんに共通するのは、日々の暮らしの肯定的気分だ。衣食住という暮らしの基本に深くかかわってきた女性の感性や知恵、それを五七五の言葉の滋養にしている、と見てもいいだろう。句集『森へ』（二〇一八年）から引いた掲出の句は、「かたむき歩く」に、その肯定的気分が生き生きしている。子猫が重くて傾くのだが、小さな女の子は猫とすっかり一体化してうれしそう。

第2章

夏

summer

時鳥《ほととぎす》厠《かわや》半ばに出かねたり

夏目漱石

時鳥が鳴いている、早く聞きにおいで、と呼ばれた。でも、ちょうど厠半ば、つまり用便中なので出られないよ、という句。もっとも時鳥は高い声で鳴く。テッペンカケタカ、東京特許許可局と聞こえるというが、家のそばで鳴いたとしたら、トイレの中でも耳にすることができるだろう。この句は一九〇七年の作だが、当時、漱石は小説の執筆で忙しかった。そこへ時の西園寺《さいおんじ》首相から文士の集いの招待状が届いた。漱石は招待を断ったが、その断り状にそえたのがこの句だったという。用便中を理由に断られた首相はどんな気がしただろうか。自分を風流な時鳥になぞらえているので、悪い気はしなかったか。

春は花、秋は月（または紅葉）、冬は雪、これはその季節の代表的風物。実は明治のころまで、夏の代表は時鳥だった。だが、都市化が進み、時鳥は次第になじみのない鳥になっていった。私は例年、今の時期に俳句仲間と時鳥を聞きに高原などへ出かける。

それでなくとそれにして置け
時鳥《ほととぎす》

正岡子規

「それでなくとも。あれは時鳥の声ではないかもしれないが、時鳥だということにしておけ、という句。なんだか無責任な句だ。一八九四年の作だが、この句を作ったとき、子規は時鳥を知らなかった。はっきりと知ったのはそれから二年後であったらしい。

　正岡子規の本名は常規《つねのり》である。彼は、一八八九年の五月、肺結核で突然に血を吐《は》いた。時鳥は鳴くときに赤い喉《のど》が見える。その喉が肺結核で血を吐いているようだ、というので、肺結核イコール時鳥という連想が明治のころの常識になっていた。血を吐いた常規は、なんと自ら「子規（時鳥の別名）」と名乗ったのである。当時、結核は不治の病だったからとても怖《おそ》れられていた。常規は不吉な病気を名前にしたのだが、それは、マイナスをあえて引き受け、それを逆にプラスに転じようとする発想だろう。

　それにしても、子規と名乗ったとき、実際は時鳥を知らなかったのである。その軽さ、いいではないか。

夕月や大肌ぬいでかたつむり

小林一茶《いっさ》

殻《から》（家？）から身を大きくのりだしているカタツムリのようす、それを「大肌ぬいで」と表現した。カタツムリは庭木の枝にでもいるのだろうか。夕月とカタツムリが交信でもしている感じ。すてきな夏の夕べの風景だ。

民俗学者の柳《やなぎ》田《た》国《くに》男《お》は日本全国のカタツムリの呼び名を調べ『蝸牛考《かぎゅうこう》』（一九三〇年）という本を出した。当時、二四〇をこえる異名があり、近畿地方のデデムシを中心にして、マイマイ、カタツムリ、ツブリ、ナメクジという呼び名が広がっていた。近畿から遠い地方のナメクジ系の呼び名が最も古い名前だと見る柳田の見解は「方言周圏《しゅうけん》論」として知られていた。つまり、中心から遠い地方に古語が方言として残っているという考えだ。その論の当否はともかくとして、それぞれの地方の名を伝えたのは、各地の子どもたちであった。ちなみに、信州生まれの一茶はカタツムリ、カタツブリ、デデムシ、デイロなど、いろんな名で呼んで約六〇のカタツムリの句を残した。

花びらのごとくつめたく
なめくぢり

西雅子

「なめくぢり」はナメクジ。ナメクジを花びらみたいと表現したところがとてもよい。ナメクジへの好意というか、ナメクジを嫌っていない感じが分かるから。作者は一九六〇年生まれ、神奈川県逗子市に住む現代の俳人だ。

ところでカタツムリはてのひらにのせて遊ぶが、ナメクジは大嫌いという人が多い。でも、この二種は同類、共に有肺《ゆうはい》類の巻貝だ。ナメクジには殻がないが、あれは退化したのであって共に陸上の巻貝なのである。私見では、やや怠け者、つまり殻を作る努力を放棄《ほうき》したのがナメクジになった。陸上で殻を作ることはとても大変らしい。

努力を放棄したナメクジは結果として人間に嫌われ、塩をふりかけられたり飲み残しのビールに溺れさせられたりする嫌われ者になった。なんだか、かわいそうな気がしないでもない。怠け者系の私としては、なんとなくナメクジに同情がわく。

で、私もナメクジの句を作った。「なめくじのへの三匹が同じ向き」。

クレヨンの黄を麦《ばく》秋《しゅう》のために折る

林桂《けい》

五月の末から六月にかけては麦秋、あるいは麦の秋と呼ばれる。そのころ、麦が熟《う》れて麦畑が黄色、いや、金色に輝く。

一九五三年に群馬県で生まれた桂さんの句は、黄色いクレヨンを、麦秋という時節に捧げている感じ。たしかに、麦秋とか麦畑は、黄のクレヨンをいっぱい集めてできている気がする。ゴッホの麦畑の絵の鮮やかな黄色、あれは日本の麦秋の色でもある。

小学生時代、私の育った四国の佐田岬半島では、麦秋の候に学校が休みになった。農繁《のうはん》休暇と言い、子どもたちは一週間くらい、家の麦刈りを手伝った。

私の村は、麦とさつまいもが二大作物であり、秋のいもほりの時期にも農繁休暇があった。

ともあれ麦刈りは楽しかった。段々畑の縁《へり》で、家族がうち揃って弁当を食べたが、その際の箸は私などが木の枝を削って作った。木の匂いが新鮮だった。

弁当が済むと、弟と草いちごを摘み、妹が麦わらで編んだ籠《かご》に入れた。弟や妹と麦笛の音色を競い合ったこともある。

麦秋の櫂《かい》を濡らしてもどりたる

夏井いつき

ボート部の学生だろうか。濡れた櫂を抱えて麦畑の道を戻ってきた。櫂を抱えたその俳句の主人公は肌が小麦色に日焼けしている。この句、池などでちょっとだけボートに乗った、とも読めるが、それでは何も面白くない。麦畑を背景にした櫂を抱えた青年像として私は読みたい。麦秋の候の健康な青春を描いた俳句だ。

ちなみに、かつてこの時期の手紙は、「麦秋の候、いかがお過ごしですか」と書き始めた。だが、今では麦秋は俳句の季語として、かろうじて生きているのかも。

作者は一九五七年に愛媛県で生まれた。若いころから俳句で生計を立てることを目標にして励んでいたが、近年になってテレビで火がつき「プレバト!!」の俳人として一躍有名になった。

俳句で生計を立てるには、大きな結社を主宰する他には手がなかったが、彼女は「俳人のテレビタレント」という新しい職を開拓した。

わが宿は蚊《か》の小さきを馳《ち》走《そう》かな

松尾芭蕉

小さなわが家のカをどうぞ。これが、わが家の何よりの馳走（もてなし）です、という句。

カが馳走だと言われても当節は困惑するかも。なにしろデング熱を媒介《ばいかい》する怖《こわ》いカがいる時代だから。でも、俳句の世界では、カは怖いどころか、むしろ夏を楽しませてくれる存在だった。カだけでなく、ハエ、ノミ、シラミ、ムカデ、クモ、ケムシ、ミミズ、トカゲなどの虫たちは、夏の季語として俳句を作る人たちに親しまれてきた。いや、今でもこれらの虫たちは俳句の世界で大活躍している。私は日ごろ、これらの虫たちと親しくなることが俳句上達の秘訣だ、と説いている。「蚤虱《のみしらみ》馬の尿《ばり》する枕もと」。これは名作「奥の細道」に出る芭蕉の句だが、ノミやシラミのほかに、カもまた芭蕉をもてなしたに違いない。もっとも、カやノミに刺されるのは芭蕉だって嫌だったはず。でも、それらの虫を一方的に排撃《はいげき》しないで、虫たちとの共存に楽しみを見出したのだ。虫たちとの共存、それが俳句の思想だ、と言ってもよいのではないだろうか。

蚊の中へおつ転《ころが》しておく子かな

小林一茶

「おつ転して」は、元気よく転がしている状態。カがブンブンと鳴くなかへ赤ちゃんを転がしておく、という句だ。一茶には「蚊の声に子の育《そ》だたざる門もなし」という句もある。カの多い家では子どもが元気に育っている、というのだが、これらの句の一茶はカとの共存を存分に楽しんでいる。

現代の日本ではデング熱を媒介するカが社会問題になっている。そういう時勢においては芭蕉や一茶は反社会的かもしれない。ある統計によると、カが病気を媒介して一年間に殺す人間の数は約七五万人だという。二番目の殺人者は人間自身だ。つまり、カは人間にとってまさに有害な虫（害虫）である。遺伝子を操作して世界からカを撲滅《ぼくめつ》しようという意見があるのも無理はないかも。でも、どうなのだろう。カは本当に滅ぼすべき敵なのだろうか。「神さまの目には／きみって／星のように光っているのか」。これは、まど・みちおの詩「カ」の一節。彼はたくさんのカの詩を作り、カとの共存を楽しんだ。カは詩人や俳人にとっては今なお仲間だ。

目には青葉山ほととぎす初鰹

山口素《そ》堂《どう》

江戸時代の川柳に「目と山と耳と口との名句なり」、また、「目と耳はただだが口は銭がいり」といわれるものがある。これらの川柳で、この句は十分に鑑賞されている、と言ってもよさそう。視覚、聴覚、味覚で夏を、おおいに楽しんだ句だ。

この句はまた、季語を三つも並べたのが特色。俳句を作る人は、季語が二つ重なるだけでも「季重なり」と言って嫌う。俳句は言葉数の少ない表現だから、同じ季節の季語を二つも用いると無駄になることが多いのだ。ところが、素堂は季語を三つも使った。大反則である。別の言い方をすれば常識を大きく超えたのでインパクトが強くなり、それで人々に広く覚えられた。

素堂の句には鎌倉で作ったという前書きがある。つまり、この句のカツオは鎌倉に水揚げされたもの。だが、現代の私たちは、この句を千葉でも名古屋でも、大阪でも福岡でも、地元の句として口ずさむ。作者の意図や思いを超えて鑑賞できる句、それが名句だ。

万緑の中や吾《あ》子《こ》の歯生え初《そ》むる

中村草《くさ》田《た》男《お》

「万緑叢中《そうちゅう》紅一点」、これは中国の王安石という人の詩句とされる。一面の草むらのなかに赤い花が一つ咲いている、という意味だが、転じて、多くの平凡なものの中に非凡なものが一つある、あるいは、多数の男性の中に女性が一人まじっているというたとえにもなった。要するに、ことわざみたいに通用していた有名な詩句である。

草田男は、これをとてもうまく使った。「紅一点」を「吾子の歯」に置き替え、一面の緑の中で育つわが子を生き生きと描いた。この句は『火の島』（一九三九年）にあり、草田男三十八歳の作。

草田男の句は人気を博し、この句から季語「万緑」が生まれた。彼は「万緑」と名付けた俳句雑誌の主宰者にもなった。万緑という言葉は古いが、季語としては新しく、草田男を核にしてこの季語は育った。ところで、ことわざ化していた「万緑叢中紅一点」は、草田男の句を下支えしたのではないか。ことわざの力が、この句を名句に押し上げた。

さみだれや大河を前に家二軒

与謝蕪村

暦《こよみ》の上の梅雨入り（入梅）は六月十日だが、五月も半ばになると、例年、奄美や沖縄の梅雨入りが報じられる。その後、梅雨入りに先立って梅雨のように雨がぐずつくことがあり、それを走り梅雨と呼ぶ。

ところで、旧暦の時代には、梅雨は五月に降る長雨だった。それで「五月雨《さみだれ》」と呼んだ。明治の初めに太陽暦が採用されて以降、梅雨は新暦六月が中心になった。そういう事情があって俳句の季語の世界では、古典の時代は五月雨、明治以降は梅雨と区別して呼ぶようになった。

蕪村の句の「さみだれ」は、だから、今で言う梅雨である。この蕪村の句とよく比較されるのは次の松尾芭蕉の作だ。

　五月雨をあつめて早し最上川

蕪村の静、芭蕉の動という感じであろうか。ともあれ、この二句の川は五月雨を集めて水かさが増している。

ふところに乳房ある憂さ
梅雨ながき

桂《かつら》信子《のぶこ》

長く続く梅雨の日、乳房を鬱陶《うっとう》しく感じる、という句。乳房に汗がにじんでいるのかも。作者は昭和後期に活躍した女流俳人、この句は太平洋戦争の敗戦から間のない時期の作で、句集『女身』（一九五五年）に収められている。

この句の作られた時期、田村泰次郎《たいじろう》の「肉体の門」、石川淳《じゅん》の「焼跡のイエス」などの小説が話題になった。これらの小説では、女性が肉体をさらすというか、肉体を生きる力としており、肉体の解放は人間の解放でもある、と見なされた。そのような時代の風潮のなかに出現した俳句、それが信子のこの句であった。「ゆるやかに着てひとと逢ふ蛍《ほたる》の夜」「藤の昼膝《ひざ》やはらかくひとに逢ふ」「窓の雪女体にて湯をあふれしむ」なども当時のこの作者の作。

「梅雨続く小錦十人いるような」。これは私の作である。「乳房ある憂さ」とは大違いだが、巨漢力士の小錦が十人もいたら、私だってなんとも鬱陶しい。

ふたまわり下の男と枇《び》杷《わ》の種

池田澄《すみ》子《こ》

果物から種をなくそうという傾向があるように思う。ブドウなどがその典型で、種無しを売りにして店頭に並んでいる。でも、たとえばスイカに種がなかったら、さびしい。遠くへ飛ばす種飛ばしが、できないではないか。

種の存在がひときわ光るのは枇杷。光沢のある立派な種にでくわすと、私はなんだかほれぼれとする。この句の主人公もおそらくほれぼれとして二まわり下の男と枇杷を食べている。何かがおこったとしたら、それは枇杷の種のせいだ。

枇杷の種は、たとえば窓の外へぽいと捨てると、その捨てられたあたりで芽を出す。育ちやすい。

わが家の狭い庭でも育ったので、ある年の夜、それを近所の公園に移植した。その枇杷、今では大きくなっていて、小粒だが甘い実をつける。わが家ではその枇杷を〈うちの枇杷〉と呼んでいる。もちろん、熟れると夜中に行ってこそこそと採る。

今日の句の作者は一九三六年生まれ、現代の代表的俳人だ。句集『いつしか人に生まれて』（一九九三年）から引いた。

びわ食べて君とつるりん
したいなあ

坪内稔典

ここへ自分の句を登場させるのは反則というか、謙虚さを欠く気がしないでもない。でも、枇杷の種の句となると、しゃしゃり出てこの自作を紹介したい。

びわは水人間も水びわ食べる
枇杷熟れる雲一片が空にある
枇杷抱いて老人一人市内バス
枇杷三粒ラッコは接近しているか
びわ熟れて土星にいとこいる感じ

これらも私の枇杷の句。果物では柿が好きで『柿日和《びより》』（二〇一二年）という柿をめぐるエッセー集を出しているのだが、俳句の数は枇杷の方が多いかもしれない。それというのも、つるりんとした枇杷の種になぜか魅かれるから。つるりんとは何か、読者はいろいろと連想するようだが、自由に読んでもらってよい。

この句、句集『ヤツとオレ』（二〇一五年）から。

蟾蜍《ひきがえる》長子家去る由《よし》もなし

中村草田男

先日の句会でのこと、この句を印刷して皆で話し合ったのだが、「ナガコさんは長女よね、きっと。親の介護があって家を出るわけにはいかないのよ」と解釈した人があって大笑いになった。

もちろん、チョウシと読むのが普通で、一番目の男子を指す。長男、惣領《そうりょう》とも言う。でも、ナガコという人名と読んでもいけないわけではない。長子や惣領が直ちに男を指すと思うのは、男を優遇した時代の名残なのだから。今や男女は平等、チョウシが長女であっても何ら不思議はない。

実は、私も四人きょうだいの長子である。今、ここを書きながら、ちょっと躊躇《ちゅうちょ》した。きょうだいは漢字を当てると兄弟になる。わが家の末っ子は女子だが、兄弟という字だと、その妹を消す感じがする。ここにも男社会の影が残っているのだろう。

ちなみに、長子が家を継ぐという考えも今では消えかかっているかも。私は真っ先に家を出た長子である。

だぶだぶの皮のなかなる蟇《ひきがえる》

長谷川櫂《かい》

草田男のさきの句は彼の第一句集『長子』（一九三六年）にあって、一世を風靡《ふうび》した。

そのころ、長男は家業を継ぐ存在であり、家を出て、たとえば都会で就職するなんていうことは考えにくかったのだろう。長子の宿命を詠んだ句として草田男の蟾蜍は人気を博したのだった。

さて、ヒキガエルだが、ガマガエルとも呼ぶこの蛙は、かつて家に住み着いていた。私の育った四国の家にも〈わが家のヒキガエル〉がいた。蛇《へび》（青大将）や蜘蛛《くも》、守宮《いもり》などとともに、ヒキガエルは人と共存していたのだ。そのような時代の背景もまた草田男の句を有名にした一因だった。

ところが、家が洋風になり、街路がすっかり舗装《ほそう》されてヒキガエルはとっても住みにくくなった。マンションなどでは〈わが家のヒキガエル〉は、もはや存在のしようがない。そういう今日のヒキガエルのつらい実態を擢さんの句に感じる。だぶだぶはおかしいが、同時に哀しくもある。

暗闇の眼玉濡らさず泳ぐなり

鈴木六《む》林《り》男《お》

たとえば夜のプール。照明の消えた暗闇の中で一人の男が泳いでいる。潜望鏡《せんぼうきょう》のように目玉だけを水の上に出して黙々と泳いでいる。もちろん、プールでなくて夜の海でもよい。この句の眼目は「眼玉濡らさず」。目を見開いて、しかも濡らさないところに泳ぐ人の姿勢や意志を感じる。ひたすらというか、ひたむきというか、そのような姿勢や意志だ。

作者は一九一九年生まれ。西東三鬼《さいとうさんき》に師事し、大阪を拠点にして敗戦後の俳壇で活躍した。話題にしている句は五五年に出た句集『谷間の旗』にある。つまり、この句は太平洋戦争後の日本が復興してゆく時代を背景にしている。ちなみに、作者は二十一歳で軍隊に入り、中国大陸やフィリピンを転戦した。負傷して体内に銃弾が残っており、酒の席などでしばしばその抱えている銃弾を話題にした。そして、口癖《くちぐせ》のように、「坪内クン、一生懸命飲もうか」と言いながらしきりにビールを飲んだ。

愛されずして沖遠く泳ぐなり

藤田湘子《しょうし》

沖を遠くへと泳いでいる。恋人がいないのか、失恋したのか、この泳いでいる人は、自分は愛されない人間だ、と思っている。そう思いながら、涙を流して泳いでいるのかも。沖のはるかかなたには水平線がくっきり。目をあげると空には積乱雲がむくむく。広い海の真っただ中にいると、愛されない孤独感をひしひしと感じる。泳いでいる人は、仰向けになって波間に浮いた。孤独のかたまりのように。

この句は句集『途上』（一九五五年）にある。先の六林男の句と同時代に作られた20代の作。六林男も湘子も季語「泳ぎ」を孤独にからめて表現しているが、そこに敗戦直後の青年の思いがあったのかもしれない。湘子は26年の生まれ。水原秋桜《みずはらしゅうおう》子《し》に学び、俳句雑誌「鷹」を主宰した。「筍や雨粒ひとつふたつ百」も私の愛唱している湘子の句。烈《はげ》しくなった雨の中で筍がずんずん伸びている。

米出来る雲の大峰小峰かな

小林一茶

季語「雲の峰」は入道雲のこと。気象用語では積乱雲だが、俳句では雲の峰が好まれている。一茶の句は青田のかなたにそびえている大小の雲の峰を詠んでいる。その光景は豊かなみのりを予感させる農村風景だ。

積乱雲は雨や雷、雹《ひょう》などをもたらす。ことに近年は、集中豪雨や竜巻などをもたらすので要注意の雲になっている。そればかりか、積乱雲や集中豪雨という言葉が広まり、今や雲の峰は季語として辛うじて生きている感じ。雲の峰に付き物だった夕立に至っては、集中豪雨にすっかりとってかわられた。かつては夕立が来るとあわてて雨宿りをし、知らない人どうしが軒下で話をかわすなんていう風情があった。だが、積乱雲のもたらす集中豪雨はそうした風情をも一挙に流してしまった。私としては、積乱雲や集中豪雨という語の使用をひかえ、雲の峰とか入道雲、そして夕立という語を積極的に使いたい。これらの言葉の力によって、集中豪雨や竜巻が消えてゆく気がするから。

厚《あつ》餡《あん》割ればシクと音して雲の峰

中村草田男

厚餡はたっぷりの餡、つまり餡いっぱいの餅、饅頭《まんじゅう》、餡パンなどを指す。草田男の句、「シクと音して」に満足感がある。シクは餡のうまそうな音、割った人はその音に思わず笑みをこぼしているだろう。遠くにそびえる雲の峰も、その真ん中にたっぷりの餡のようなものを秘めているのだろう。

一茶は江戸時代、草田男は昭和時代に活躍した俳人だが、二人はともに「雲の峰」という季語にみのりや満足感、つまり、幸せや喜びのようなものを感じている。餡好き、ことに餡パン好きな私は、句集『銀河依然』（一九五三年）にある草田男のこの句が大好き。先年、私はこの句の光景そのままの体験をした。長野県の佐久市へ講演に行った際、私の餡パン好きを知っている数人が土地の餡パンをくださった。その数一七個。数個は人におすそわけしたが、佐久平のでっかい雲の峰の下でシクと割って私は餡パンを堪能《たんのう》した。以来、雲の峰を仰ぐたびに餡パンを連想する。

父の手の草の匂いと昼寝かな

平きみえ

草の匂いといっしょに昼寝をする、その光景がいいなあ。しかもその草の匂いは父の手の匂い、父はついさっきまで草むしりか草刈りをしていたのだろう。父の手を枕にしたこんな昼寝、私の娘たちはしただろうか。していないだろうなあ。

そもそも私は草をむしったことがない。手の匂いがしたとしたら、それは煙草《たばこ》の匂いだが、娘たちは煙草をとても嫌った。つまり、私は幼い娘たちに快い手枕を提供しなかったのだ。ああ、忸怩《じくじ》！

平きみえさんは一九四一年生まれ、私の俳句仲間だが、句集『父の手』（二〇一六年）には「トマトまで畦道を行く父と行く」もあり、農村で暮らした父との日々がとても大切な思い出になっているようだ。

ちなみに、スペインやイタリアでは一年を通して昼寝が行われるようだが、俳句では夏の季語、日本の昼寝は夏のものだ。開け放した座敷、風鈴の鳴る縁側、風の通る広い廊下などでの昼寝はまさに至福である。

ひやひやと壁をふまへて昼寝かな

松尾芭蕉

寝転がって足を壁にかけて昼寝している、壁がひやひやして快い、というのがこの芭蕉の句であろう。

私は昼寝大好き人間である。電車で通勤していたころは、電車での昼寝を楽しんだが、退職した今は、プラネタリウムがもっとも好きな昼寝の場所。椅子《いす》が空を見上げる感じに大きく倒れるので、まさに昼寝に最適。

私がよく行っている大阪市のプラネタリウムは、〝椅子はフランス製、昼寝に最適です〟ともＰＲしており、私と同様に一人で昼寝に来る老人が多い。

「三尺寝」という季語が、かつてあった。大工などの戸外で働く人が、日陰で昼寝をすること。

三尺（約九〇センチメートル）にも足りない狭い場所で寝るから、あるいは、日陰が三尺ほど移る間に寝るから、それでこの名がついたという。

要するに、戸外でのちょっとした昼寝だが、私もそれをしてみたい。木陰での三尺寝、それが今の私のあこがれだ。

学校が好き朝顔に水をやる

津田清子

夏休みに登校して朝顔に水をやっている子を思い浮かべる。

近年、不登校がよく話題になり、学校嫌いな子がもっぱら話題になるが、学校好きの子も話題にしたらよいのに、と思わないでもない。というのも、私は学校が好きだったから。

夏休みになってからも花壇《かだん》の水まきや草むしりに通った。クラスで飼っていたヤギの世話もした。だれもいない木造校舎の教室で、自分の机に向かって本を読んでいて、ふと目をあげたら窓が真っ赤だった。夕焼けが窓ガラスを染めていたのだ。なんだか自分が宇宙のまっただ中にいる気がした。

それはそうと、かつて朝顔は秋の花だった。だが、今では盛夏の代表的な花になっている。ことに小学校では子どもたちが朝顔の観察をしたりして親しんでいる。

作者は小学校の教師をしながら俳人として活躍した。掲出の句は「虹二重《ふたえ》神も恋愛したまへり」と共に二〇一五年に他界した彼女の残した傑作。『津田清子俳句集』（二〇〇〇年）から挙げた。

大きな木大きな木蔭夏休み

宇《う》多《だ》喜代子

いい光景だ。大きな木の下にはベンチがある？　この句の主人公は、たとえば寝転がっている子どもでもいいが、私としては老人を想像したい。老人はいつでも夏休みじゃないか、という反論がありそうだが、決してそんなことはなく、退職後の老人の日々は結構忙しい。だから、老人にも夏休みがあればよい。この場合の夏休みとは仕事とか日課を離れたまとまった時間、つまり日常とは別の長い時間だ。

大きな木蔭で数日を過ごすなどというのは、とても贅沢《ぜいたく》な夏休みではないだろうか。読書をしたり音楽を聴く、たまには絵も描く。うつらうつらと昼寝をし、思いついて友人に手紙を書く。もちろん、ビールも飲む。そんな木蔭の夏休みがあったらどんなにいいだろう。以上のようなことを高校生の孫に話したら、蚊やヒアリが来るよ、ムカデも、と言った。

作者は一九三五年生まれ、現代を代表する俳人だ。この夏休みの句は『宇多喜代子俳句集成』（二〇一四年）から引いた。

麦酒《ビール》のむ椅子軋《きし》らせて詩の仲間

林田紀音夫《きねお》

この光景、いいなあ！　俳句仲間、あるいは同人誌の仲間たちが、ビールを飲みながら、まさに口角泡を飛ばしている感じ。ビヤホール、あるいは居酒屋の風景だろうか。「椅子軋らせて」に議論の熱さ、詩の仲間たちの強い友情を感じる。

句集『風蝕』（一九六一年）を開くと、四七年から四九年の作品を集めた中に、この句がある。太平洋戦争の敗戦から間のない時期の句であり、二四年生まれの作者は二十代の前半だった。当時、彼は大阪において謄写《とうしゃ》印刷業に従いながら、俳句を作っていた。

「隅占めてうどんの箸を割り損ず」「将棋さすネクタイに首つながれて」なども当時の句だが、この俳人は貧しい市民をリアルに描いた。ちなみに、うどんや将棋の句は、季語のない俳句だが、紀音夫の無季の句としては、「鉛筆の遺書ならば忘れ易からむ」「黄の青の赤の雨傘誰から死ぬ」などが有名だ。

ビール缶握り潰《つぶ》せる汝《な》を愛す

中西有紀

「汝」はお前、あなたの意味だが、このビール缶を握り潰した男、その握り潰し方がとてもかっこうがよかったのだろう。ちなみに、私はとても非力で、握力も極度に弱い。家族にいつも非力を馬鹿にされており、ビール缶をかっこうよく握り潰すのはとうてい無理だ。実は、わが家でビール缶を握り潰すのは妻である。つまり、私の「汝」は妻なのだ。この句の作者は一九五三年生まれの女性俳人。若いころの一時期、彼女と私は同じ俳句のグループで活動した。

　ところで、ビールは一年中あって、別に夏のものというわけではない。でも、季語としてのビールは夏だ。冷えた缶ビール、ジョッキの生ビールなどを、極暑の日に飲むと、なんとも快い。ビールがあってこその夏、という気になる。もっとも、私は一口飲んだらすぐ全身が赤くなる。非力であるばかりか酒にも弱い。でも、少量の酒が大好き。夏は生ビール党になるが、中ジョッキ二杯を干したらすっかり酔っぱらう。

閑《しず》かさや岩にしみ入る蟬《せみ》の声

松尾芭蕉

「奥の細道」に出ているこの句は、蟬の俳句でもっとも有名なものだ。さまざまな読み方がされており、蟬がニイニイゼミかハルゼミか、という論争が真面目に行われたこともある。

蟬の種類はどうでもいいと思うが、蟬の声が岩にしみ入る、という見方はとても斬新だ。岩のある場所がとても静かで、だから、蟬の声が岩にしみ入るように感じられたのだろう。

ところで、私は以下のようなこの句の読みを提案している。「閑かさや」を〝静かさとはどんなものか〟という問いかけとし、その答えが「岩にしみ入る蟬の声」だ、と読むのである。

禅問答、あるいは謎掛けに似ているが、問いと答えの問答で出来た句は芭蕉に多い。「古池や蛙《かわず》飛び込む水の音」「名月や池をめぐりて夜もすがら」など。いずれも「古池とは？」「名月とは？」と問いかけ、その答えを後の句で示している。

五七五の俳句の形式は、問答の楽しさを内包している、と言ってよい。

鳴きやめて飛ぶ時蟬《せみ》の
見ゆるかな

正岡子規

少年時代、蝉をとろうとして近づくと、蝉は不意に鳴きやんで飛び立った。その際、きまって小便をふりまき、私の顔に掛かった。

ちなみに、竹竿《たけざお》の先に蜘蛛《くも》の巣を絡めたものが蝉とりの道具だった。ねばねばの蜘蛛の巣にひっつけて蝉をとったのだ。捕虫網も手作りしたが、簡単に捕捉《ほそく》できる捕虫網よりも、うまくひっつくかどうかに腕前が試される蜘蛛の巣の道具の方にスリルがあった。夏、私は蝉とり少年だったのだ。

「蝉取りの子をさらってはだめだ木よ」。これはこの夏に作った私の句である。少年時代、蝉をとろうとして木に近づいた私は、ふっと気の遠くなる一瞬があった。木に抱えられ、さらわれてしまう感じだった。特に、幹に洞《ほら》のある大きな木が私の気を遠くさせた。もしかしたら、今でも木は蝉を止まらせ、その蝉をとろうと近づく子を、ひそかにさらっているのかもしれない。いや、さらいたい、と思っている気がする。

蛇《へび》逃げて我を見し眼《め》の草に残る

高浜虚子

この句のポイントは蛇の眼（目）が「草に残る」。蛇は逃げてしまって、もう姿を消しているのだが、目が合ったときのその蛇の目が、草のあたりになおも残っている気がするのだ。蛇はいないのに目だけが残っているのは、一種の怪奇だが、蛇との出会いが強い畏怖《いふ》の感情を残したのだ。畏怖とは、おそれおののくこと、つまり、恐れながらも魅かれることだ。この感情が凝集《ぎょうしゅう》して草に残る蛇の目になった、と言ってもよいだろう。

家がいわゆる木造の日本家屋であった時代、たいていの家に蛇がいた。青大将だが、その蛇は家の主としてまさに畏怖されていた。少年時代、私の家の屋根裏にも蛇がいて、ひと夏に一回はその蛇が蚊帳《かや》の上に落ちた。びっくりして大騒ぎになったが、蛇は平然として屋根裏に戻って行った。

虚子の句は一九一七年の作。この句などによって季語「蛇」が広まり、蛇は俳人たちの畏怖の対象となった。

蛇もまた人間嫌ひひた逃ぐる

右《う》城《しろ》暮《ぼ》石《せき》

「ひた」はひたすら、「逃ぐる」は逃げると同じ。蛇は人間が嫌いで、人間からひたすら逃げる、人間が蛇を嫌いで、蛇からひたすら逃げるように、という句だ。蛇も人間も互いに逃げ合っているところ、ちょっとおかしい。

もちろん、虚子の句で見たように、人間には蛇に対する畏怖の感情がある。逃げながらも魅かれているのだが、さて、蛇のほうはどうだろう。人間を畏怖しているだろうか。ひたすら嫌っているだけだろうか。

フランスの小説家ルナールに動物を短い言葉で表現した『博物誌』がある。

　　蛇
　　長すぎる。

岸田国士の訳した新潮文庫から引いたが、たしかに蛇は長すぎる。長すぎるから畏怖の対象になってきたのかも。

暮石は高知県生まれの俳人。関西で活躍し、一九九五年に他界した。

夕端《はし》居《い》ふるさとの風吹いて来し

大串《おおぐし》　章《あきら》

端居を『日本国語大辞典』（小学館）で引くと、「家の端近くにすわっていること。特に、夏、暑さを避け、風通しのいい縁先や縁台などにいること」とある。

この端居、夏の季語になっており、夕方に端居をすることが多かったので夕端居と呼ばれることもある。

今、「多かった」と過去形で書いたが、縁側や縁台には、たとえば近所の人々なども やってきた。世間話をしたり将棋をしたり花火をする、そのような近所付き合いの場が端居でもあった。

だが、縁側のある家は少なくなったし、門口に縁台が置かれた家となると、私の近所にはほとんどない。私の家にも縁側がないし、夕方は窓を閉め切ってクーラーで涼をとっている。端居の情緒はどこにもない。端居の時代は過ぎ去り、かつての「ふるさと」の風景として思い出されるものになってしまったのか。

今回の句は出たばかりの句集『恒心』（角川書店）から。作者は佐賀県に生まれ、今は千葉県鎌ケ谷市に住む。

東京の端居なる位置柴又は

能《の》村《むら》研《けん》三《ぞう》

端居は過去のものになってしまった。でも、端居にあった近所付き合いというか、ちょっとした開放的な雰囲気、それがなくなってしまうのは残念という気がしないでもない。

この句、東京都葛飾区柴又という土地を、東京という都市の縁先や縁台のような場所と見たのだが、このように見立てると、たとえばフーテンの寅さんとたちまち意気投合できそう。

柴又のような場所は、実は各地にあって、それぞれの土地において現代の端居が行われているのかもしれない。端居と言うよりも夕涼みだろうが。この句、句集『磁気』（一九九七年）から引いた。

研三さんは一九四九年生まれ。千葉県市川市に住む。最新の句集『神鵜《かみう》』（東京四季出版）には「甚平着て少し遠くに来すぎしか」がある。夏の家庭着の甚平は端居に似合うが、遠出するにはちょっと気がひける。でも、柴又には甚平で、という気分がこの句にはあるだろう。

肩の児《こ》のふぐり冷たき裸かな

相島虚吼《あいじまきょこう》

裸の息子（幼児）を肩車したときの感じだろうか。ふぐりの冷たさが意味深だ。その冷たさに息子の存在感、あるいは、子と親の溝みたいなものを読み取る読者がいるかもしれない。

私は、この冷たさに自分とは違う一人格の確かな存在を感じる。もしかしたらこの句の肩車をしている父も上半身は裸かも。とすると、この句はいわゆる裸の付き合いを親子がしているのだが、その付き合いにおける子のふぐりの冷たさはいよいよ意味深、子と父のそれぞれの存在をあざやかに際立たせる。

この作者には私の大好きな「おちんこも欣々然《きんきんぜん》と裸かな」もある。「欣々然」は、いかにもうれしそうな様子だ。駆けまわる素っ裸の子どもが生き生きとしているではないか。このような子どもを肩車したのが掲出の句であろう。

虚吼は一八六七年に茨城県で生まれた。新聞記者として日清戦争に従軍した際、同じ従軍記者だった正岡子規と知り合って俳人になった。

裸たのし世界よ吾《われ》に触れてみよ

津田このみ

「世界よ吾に触れてみよ」がいいなあ。こんな感じで真っ裸になりたいが、私はこの句の裸がちょっと羨《うらや》ましい。

大学生のころ、四国の佐田岬半島に帰省し、ある日、はるか沖まで泳いだとき、ふと思いついて真っ裸になった。この世界に自分だけがいる感じがした。だが、急に不安になった。世界があまりにも近くなって、その近さにとまどったのだ。堂々と仰向けに浮いて「世界よ吾に触れて見よ」と言いたかったが。

この句の作者は一九六八年生まれ。二十代のころ、大阪・梅田にあった私の俳句教室へ現れ、以来、私の俳句仲間の一人として今に至っている。「恋人をよじ登りたる蟻《あり》ひとつ」も、このみさんの作だが、裸とか蟻（これらは夏の季語）を通して生き生きとした夏を感じる。彼女、今は長野県松本市に住んで、俳句教室を開いている。彼女の句は『あの句この句――現代俳句の世界』（創風社出版）から引いた。

第3章

秋

autumn

秋の夜や紅茶をくぐる銀の匙《さじ》

日野草城《そうじょう》

季語「秋の夜」は長くて深い。もののあわれをしみじみと感じたりする。そんな秋の夜、ふと思いついて紅茶をいれた。匙は銀。ちょっとぜいたくな気分になって、生きていることの喜びが紅茶の香りといっしょに心身に広がった。以上のような句であろう。この句の入った『草城句集（花氷）』が出たのは一九二七年、時に作者は二十五歳であった。この句から中勘助の小説『銀の匙』（一九一三年）を連想する人があるかも。夏目漱石が絶賛した『銀の匙』を意識して草城の句はできている気がするが、勘助の匙は子どもが薬を飲むための匙、紅茶用ではなかった。

「船の名の月に読まるる港かな」「栗飯や寮生卓に目白押」「ともに居て梨剝《む》けば足る恋心」。これらも先の句集にある草城の作。

彼は中学生時代から俳句を作り、若い人のロマンチックな情緒を俳句に持ち込んだ。銀の匙や船の名の句にその若々しい情緒が漂っている。

虫の夜の洋酒が青く減つてゐる

伊《い》丹《たみ》三《み》樹《き》彦《ひこ》

洋酒の減っているようすを「青く減つてゐる」と表現したところがこの句のポイント。もちろん、青いのは瓶《びん》だろう。青いカクテルかなんかが減っていると読んでもいいが、バーのようなところでは虫の声が似合わない。自分の部屋に自分用の洋酒があるのだ。ちなみに、この句を作ったとき、作者は十八歳、飲酒できない年齢だが、洋酒にあこがれていたのだろう。

三樹彦は一九二〇年生まれ。日野草城に師事し、草城の主宰した俳句雑誌「青玄」を継承した。洋酒の句は彼の句集『仏恋』（一九七五年）に出ている。この句集、十代から二十代にかけての俳句を集めたもの。「長き夜の楽器かたまりゐて鳴らず」「みほとけに秋風の瓶《みか》かろからむ」「秋かぜにほとけの耳のおほき耳」などがその作品だが、草城の弟子にふさわしい若々しい香気を放っているではないか。実は、『仏恋』を編集したのは私である。十代から二十代の日々、「三樹彦先生」と呼んで私はこの俳人に師事した。

天の川わたるお多福豆一列

加藤楸邨《しゅうそん》

天の川は織女《しょくじょ》星が恋人の牽牛《けんぎゅう》星に逢うために渡る川だ。二つの星が年に一度のデートをするその七夕伝説の恋の川を、今夜はお多福豆が渡っている。それも豆たちは一列になって。おそらくわいわいとにぎやかに渡っているのだろう。お多福豆だって恋をするわよ、などと言いながら。その光景、一種マンガ的でとても楽しい。天の川を急に身近に感じる。

　この句は句集『怒濤《どとう》』（一九八六年）にあり、作者七十九歳の作である。楸邨は、人間探求派の俳人と呼ばれ、「天の川怒濤のごとし人の死へ」「鮟鱇《あんこう》の骨まで凍《い》ててぶちきらる」などの作品が知られている。晩年に至って出現したお多福豆の句は、楸邨のまじめな俳句の世界に豊かなユーモアをもたらしたのではないか。

　ともあれ、天の川を渡るお多福豆を想像した老いた楸邨が大好きだ。なにしろ、私は「三月の甘納豆のうふふふ」を作った楸邨と同族の豆派（？）俳人なのだ。

ぼけかけし夫婦に茄子《なす》のこむらさき

草間《くさま》時彦《ときひこ》

濃い紫色のきれいな茄子、夫婦はそれをどのように料理したのだろうか。焼茄子にした？　あるいはぬか漬け？　この句、八十代になって出した句集『瀧の音』にあるが、この句集では、老いが時に楽しく時に切実に詠まれている。「アロハ着て傘寿《さんじゅ》と喜寿《きじゅ》の夫婦かな」は楽しい老い、「秋刀魚《さんま》焼く死ぬのがこはい日なりけり」「年寄は風邪引き易し引けば死す」などは切実な老いだ。

ところで、ぼけ防止のために俳句を作りたい、という人が多い。俳句を詠むにはそこそこに頭を使うし、句会において仲間と談笑する。吟行《ぎんこう》と称して出かけることも多い。そうしたことがぼけ防止になるかもしれない。ただ、私としては、うまくぼけるのがいいのではないか、と思っている。楸邨や時彦の句には、ぼけかけた人の言葉の魅力があるのではないか。ぼけ防止のために肩肘《かたひじ》はってがんばるよりも、自然にぼけていって、茄子の紫色にほれぼれとするような日を迎えたい。

いつかいつかいつかと待ちし
今日の月

田捨女《でんすてじょ》

捨女は、松尾芭蕉の少し先輩ともいうべき俳人。今の兵庫県丹波市柏原に一六三三年に生まれ、家族と一緒に幼いころから句を作った。

捨女の一番有名な句は、六歳のときに詠んだという「雪の朝二の字二の字の下駄《げた》のあと」であろう。雪についた下駄の歯の跡が二の字だ、という見方（頓智《とんち》）がおもしろい。

ところで、これを読んでいるあなた、掲出した句の月のかたちが分かるだろうか。もちろん「十五夜の月（名月）」だ。

「いつか」には、いつの日かという意味と「五日」の意味が掛かっている。その「いつか」が三回だから、五×三で一五という次第。江戸時代初めの捨女の時代の俳句は、言葉で頓智を競うものだった。

捨女は頓智の見事な女流俳人として、全国的に知られていたのだった。

「今日の月」の句は私が友人たちと編んだ『捨女句集』（和泉書院）から表記を平易にして引いた。この句集、捨女の自筆句集（二四二句収録）を翻刻《ほんこく》し、簡単な注をつけたものである。

皿小鉢洗つて伏せて十三夜

鈴木真《ま》砂《さ》女《じょ》

名月は、陰暦八月十五夜の月だが、二〇一六年の場合、その日は九月十五日であった。それからほぼ一カ月後に、十三夜（後の月）がやってくる。陰暦の九月十三日であり、昔は〝名月と後の月の両方を見ると良いことがある〟と信じられていたらしい。

良いことがあるかどうかはともかくとして、丸い十五夜と、ちょっぴり欠けた十三夜の月、その二つを楽しむ古来からの人々の習慣が私は好きだ。その習慣の中に〝心の広い日本人がいる〟と思うから。

真砂女は、一九〇六年に現在の千葉県鴨川市に生まれ、東京で小料理屋を経営しながら俳句を詠んだ。この句の主人公は、店仕舞いをしたおかみさんだろうが、もちろん、普通の主婦を想像してもよい。仕事の後にある私の時間の美しさ、それをこの句の光景は伝えるだろう。

真砂女の句を、もう一つ引こう。「十三夜裏木戸開いてゐたりけり」。

かきくけこくはではいかで
たちつてと

松永貞徳《ていとく》

変な俳句だが、何度か音読してほしい。音読していると、何を言おうとしているか、分かってくるかも。まず、五十音・か行の最初の「かき」は、柿だ。「くはではいかで」（食はではいかで）は〝食べないでは〜しない（食べてから〜する）〟という反語の表現。この〜に入るのは五十音・た行の「たち」。この「たち」には〝発ち・立ち・起ち〟などの意味が掛かっている。つまり、この句は「柿を食べないで、どうしてここを発とうか（食べてから発つよ）」という意味を、五十音を使ってクイズ的に表現したのだ。この句、『崑山《こんざん》集』（一六五一年）に出ている。

食べ物である柿は和歌や連歌という雅語を用いる詩歌には出てこない。どうしてか。食べ物の名前は俗語（日常の言葉）だからである。貞徳は、俳句は俗語を用いる詩だと定義したが、この定義によって柿は堂々と俳句に登場するようになった。そして柿のある風景は日本の秋の代表的な美にまでなった。柿は俳句が有名にした果物なのだ。

柿くへば鐘が鳴るなり法隆寺

正岡子規

柿といえばこの子規の句を連想する人が多いのではないか。柿を食べると鐘が鳴る、という言い方にはホント？　と反問したくなるが、場所が法隆寺であれば、きっとそうなのだと何となく納得する。納得すれば、法隆寺に出掛けて山門前で柿を食べよう、と思う。食べたとたんにゴーンとくるはずだ。

食べたとたんにゴーンとくるはず、と思わせるところがこの句の魅力だ。子規は一八九五年の秋、奈良に旅してこの句を作った。でも、彼の生前にはさほど話題にならなかった。むしろ、「柿くへば鐘が鳴る」は大胆過ぎる表現として問題視されており、子規の俳句仲間の河東《かわひがし》碧梧桐《へきごとう》は「柿食ふて居れば鐘鳴る」と添削《てんさく》した。子規は、この添削を、それでは句法が弱くなる、と応じて受け入れなかった。

確かに、「柿食ふて居れば鐘鳴る法隆寺」では、ごく普通の風景になってしまい、魅力も何も感じない。「柿くへば鐘が鳴る」という大胆で飛んだ表現、それがこの句を子規の代表作にしたのだろう。

空は太初《たいしょ》の青さ妻より林檎《りんご》うく

中村草田男

『広辞苑』第七版によると、明治初期に日本に導入されたリンゴは、今ではミカンについで多く栽培されているという。私はミカンの栽培がさかんな愛媛県育ちなので、リンゴよりもミカンに親しんできたが、今ではこの二つの果物がほぼ同じ時期にあることをうれしく思っている。その日の気分によって、リンゴかミカンを選んで食べるが、それがとても楽しみなのだ。

草田男のこのリンゴの句は、日本が太平洋戦争に負けた直後の一九四六年の作。当時、日本人の多くは日々の食料に事欠く状態だった。そんな折に真っ青な青空のもとで妻にもらったリンゴは宝玉に匹敵したかも。「太初の青さ」とは世界ができたころの瑞々しい青さだ。この夫婦、まるでアダムとイブみたい。ほぼ同じ時期に「響《ひびき》爽《さわや》かいただきますといふ言葉」という句が草田男にはある。この句の感じでリンゴを食べたのだろう。

作者は一九〇一年生まれ、昭和後期を代表する俳人として活躍し、八三年に他界した。

星空へ店より林檎あふれをり

橋本多《た》佳《か》子《こ》

句集『紅絲《こうし》』にある一九四七年の作。多佳子は戦後の俳句界のスター的存在だった。

この時代、リンゴは戦後日本の復興のシンボル、つまり人々の希望であり、並木路子の「リンゴの唄」（四五年）、美空ひばりの「リンゴ追分」（五二年）がはやった。そのリンゴブームの一端として、草田男や多佳子の句も現れた。

多佳子の句は、リンゴと星空が呼応している感じ。リンゴは羽根でも生えて、今にも星空へ飛んで行きそう。もちろん、店先にたくさん積まれていて、リンゴが星空へあふれているように見えるのだ。

そういえば、大学生のころ、長野県出身の友人がいた。秋になると、彼のところにリンゴの木箱が実家から届いた。リンゴはおがくずの中に並んでいた。友人はやさしくおがくずを指で払い、リンゴの一つを取り出して分けてくれた。私はどきどきしながら彼のしぐさを見つめていた。ちなみに、私のところへは、やはり木箱でミカンが届いた。

小鳥来る音うれしさよ板庇《いたびさし》

与謝蕪村

板庇は板葺《いたぶ》きのひさし。そこへ小鳥が来て、歩く音が軽くする。耳を立て、息を殺して、ひさしの音を聞いている様子が目に浮かぶ。明和五（一七六八）年、蕪村五十三歳の作だが、このころから蕪村の俳人としての活躍が本格化する。蕪村は五十代以降、すなわち老年になって大きく開花した俳人だ。

　蕪村の句の季語は「小鳥」だが、この句を愛する後代の人々は、「小鳥来る」を季語として受け止めるようになった。つまり、「小鳥」という季語とは別に新しく「小鳥来る」という季語を作りだした。そして、蕪村のこの句も、「小鳥」ではなく、「小鳥来る」の句として愛されるようになった。以上は私の見解だが、おそらく間違ってはいないだろう。ちなみに、「小鳥来る」は、秋になって窓辺、ベランダ、庭、公園などへ小鳥が来ることを言う。小鳥と人が接近するのだが、この「小鳥来る」は、とりわけ現代の俳人たちに愛されている。つまり、きわめて当世風の季語なのだ。

啄木鳥《きつつき》や落葉をいそぐ牧《まき》の木々

水原秋桜子《しゅうおうし》

「牧」は牧場。牧場の木々にキツツキがいて、幹を叩く音がこだましている。木々は時折、いっせいに葉を落とす。キツツキの音と落ち葉が交響しているような気がしないでもない。

以上のような風景を想像するが、色調は明るい油絵風、木々は白樺か。赤城山の風景である。

この句、帝国風景院賞を得たことで知れ渡った。大阪毎日新聞社、東京日日新聞社が、帝国風景院なるものを組織し、日本の名勝の投票を募った。その結果、一三三景を選び、その一三三景について俳句を募集した。すると、一〇万三二〇七句が集まった。その中から二〇句の帝国風景院賞作品が選ばれ、各名勝の代表句一三三句も選定された。さらに秀作一万句を選び、『日本新名勝俳句』（一九三一年）として出版された。

帝国風景院賞の俳句は、秋桜子の作のほかに、「谺《こだま》して山ほととぎすほしいまま」（杉田久女）、「瀧の上に水現れて落ちにけり」（後藤夜半《やはん》）などだった。

面白さ急には見えぬすすきかな

上島《うえしま》鬼貫《おにつら》

ススキはオバナ（尾花）という名前で秋の七草のひとつになっているが、花としてはハギとかキキョウの華やかさがない。でも、じっくり見たら、ススキもなかなかいいものだよ、という句。

鬼貫は芭蕉とほぼ同じ時代に関西を拠点に活躍したが、『独《ひとり》ごと』という俳論集を残しており、そこでは季語のススキを取り上げて次のように述べている。

「薄は色々の花もてる草の中にひとり立ちて、かたちつくろはず、かしこがらず、心なき人には風情を隠し、心あらん人には風情を顕《あら》はす。只その人の程々に見ゆるなるべし」

要するに、見る人の心の深さや広さに応じてススキの面白さは変わる、というのである。

鬼貫は現在の兵庫県伊丹市に生まれた。江戸時代、伊丹は酒造業が栄えたが、その経済的な豊かさをバックにして、鬼貫を中心にした伊丹の人々は「伊丹風」と呼ばれた自由闊達《かったつ》な俳諧《はいかい》（今の俳句）を楽しんだ。ちなみに伊丹市の「柿衛《かきもり》文庫」は、その伊丹風俳諧などの屈指の資料館だ。

折りとりてはらりとおもき芒《すすき》かな

飯田蛇笏《だこつ》

はらりと重い、という感覚がこの句のポイントだ。つまり、折りとったときにススキの面白さが実感として分かる、という次第。

ススキの面白さは「只その人の程々に見ゆるなるべし」と鬼貫は言ったが、その鬼貫の言葉を実践して見せたような句である。『飯田蛇笏全句集』（角川ソフィア文庫）から引いたこの句は一九三〇年の作。近代の代表的一句だ。

この句を引いた全句集の解説によると、大阪での句会で作られたこの句は、後年、次のように表記が変化したらしい。

折りとりてはらりとおもきすすきかな（一九三七年）

をりとりてはらりとおもきすすきかな（一九四一年）

解説者はこの変化に「彫心《ちょうしん》鏤骨《るこつ》の蛇笏の姿勢」を見ている。だが、作者が出しゃばって、ススキの感じをひらがな表記からも読め、と強制している気がしないでもない。さて、どうだろう。

爛々《らんらん》と昼の星見え菌《きのこ》生え

高浜虚子

すごい光景だ。爛々は光り輝くようす。菌は茸《きのこ》と同義。空の昼の星、そして地上の菌がともに爛々としているのだ。

星も菌も、とっても巨大な感じがする。原始的というか、終末的というか、ともかく異様な光景である。もっとも、たとえば不意に菌に出会ったとき、一瞬、昼間の星を直感し、その光景が爛々となった、ということはありえるかも。日常の中で瞬間的に見出した非日常的光景だ。この句は一九四七年の作、作者は七十三歳であった。

ところで、一九一〇年にハレー彗星《すいせい》が接近した。その際、彗星の尾が地球にかかると、地球の空気が五分間ほどなくなるという学説が紹介され、パニックに陥《おちい》った人々がいたらしい。息を五分間止めておく訓練をする人なども現れたという。このような出来事が、もしかしたら、虚子の句の発想に作用しているかもしれない。

ともあれ、私たちの日常は、あるとき不意にこの句のような非日常的な光景を見せる。

爛々と虎の眼に降る落葉

富沢《とみざわ》赤《か》黄《き》男《お》

虚子の句の爛々から連想したのが、この句。爛々としているのは虎の目だが、その目に落葉が映ると、途端に落葉も爛々となる。落葉が火になるのだ。虎の目の光りが落葉を火に変えたのである。この句の虎は動物園の檻《おり》の中にいるのだろうが、散りかかる落葉を火に変えて、さらに爛々と目を光らせている。

この句の光景もまた、日常の中に出現した非日常だと言ってよいだろう。詩（俳句）は日常を超えたときに生き生きと出現する。

赤黄男のこの句は一九四一年に出た句集『天の狼』にある。彼は現在の愛媛県八幡浜市川之石の生まれだが、私は高校時代、彼の生家跡のそばに下宿していた。虎の句や「蝶《ちょう》墜《お》ちて大音響の結氷期」などを、その高校時代に覚え、詩が日常を超えたところに出現することをなんとなく確信したのだった。彼は私にとって、郷里の先輩俳人である。ちなみに、「落葉」が冬の季語だが、彼は季語にこだわらない句作りをした。

秋刀魚《さんま》焼く死ぬのがこはい
日なりけり

草間時彦

なんだか秋刀魚がまずそう。「秋刀魚焼く」が火葬のように見えるからだろう。この句が「秋刀魚焼く孫の生まれる日なりけり」だと、脂がしたたって燃え、秋刀魚がとってもうまそうになる。秋刀魚に何を取り合わせるかで、秋刀魚の感じが変化する。俳句はこのような言葉の変化を楽しむ文芸である。

それはともかく、死ぬのが怖いという思い、よく分かるなあ。この作者には「老後とは死ぬまでの日々花木槿《むくげ》」「年寄は風邪引き易し引けば死す」という句もある。いずれも句集『池畔』（二〇〇三年）から引いたが、老後、すなわち死に至るまでの自分を客観視して句を詠んだのがこの俳人だった。彼はこの句集の出る寸前に八十三歳で他界した。

私は、老いの日々をやや茶化した「草紅葉《くさもみじ》介護一級よろよろと」「ぼけかけし夫婦に茄子のこむらさき」なども好きだ。そして、老いてちょっとしゃれた「ブランチや桃の花咲く日曜日」「アロハ着て傘寿と喜寿の夫婦かな」などの句も。

秋刀魚焼くアルトサックス
聴きながら

星野麥丘人《ばくきゅうじん》

「あはれ／秋風よ／情《こころ》あらば伝へてよ／――男ありて／今日の夕餉《ゆふげ》に　ひとり／さんまを食《くら》ひて／思ひにふける　と。」――これは佐藤春夫の詩「秋刀魚の歌」の第一連。詩はこの後、以下のように続く。「さんま、さんま／そが上に青き蜜柑《みかん》の酸《す》をしたたらせて／さんまを食ふはその男がふる里のならひなり。」

　この詩の秋刀魚は炭火でじゅうじゅうと焼いた秋刀魚であろう。では、麦丘人の句の秋刀魚はどうか。これはレンジで焼いている感じ。ＣＤかなにかでジャズでも聞きながら焼いているのだろう。つまり、現代の秋刀魚を焼く光景だ。

　句集『小椿居《しょうちんきょ》以後』（二〇一四年）から引いたが、作者は二〇一三年に八十八歳で没した。句集ではこの句の前に「秋風やイエスタディを繰返し」がある。二句とも八十七歳の作だが、ビートルズを聞きながら秋刀魚を焼く老人って、いいなあ。「老人に糸瓜《いとうり》の花や椅子一つ」もこの句集にある句だが、こんな椅子にすわって私は白ワインでも飲みたい。

第4章

冬

winter

むさしのの空真青《まさお》なる落葉かな

水原秋桜子《しゅうおうし》

「むさしの」は武蔵野。関東平野のまっさおな空が広がっていて、その空から落葉が舞い散る光景である。平仮名表記が武蔵野の空の青さをとてもやさしく、ふくよかに感じさせる。この落葉、関東に多いケヤキだろうか。高いこずえから落ちる葉の色（茶褐色）が空の青さをいっそう際立たせる。

私の家の近辺にはケヤキ、アメリカフウ、イチョウなどの街路樹がある。葉が色づく前の十月、これらの木はつんつるてんに剪定《せんてい》されてしまう。紅葉して葉が落ちると、それの掃除がやっかいだから。たしかに掃除は大変だが、でも、落葉の風情をたっぷりと楽しみたい。掃除の手間より落葉が大事、と考えたい。そのように考えることにゆとりと品位があると思うのだが。

秋桜子（一八九二～一九八一年）は昭和前半に活躍した。落葉の句では「啄木鳥や落葉をいそぐ牧の木々」も有名だが、この句も武蔵野の句も句集『葛飾』（一九三〇年）にある。

しぐれけり走り入りけり
晴れにけり

広瀬《ひろせ》惟然《いぜん》

時雨《しぐれ》は初冬の雨だが、不意に降って不意に上がる。今、ここに降っていたのに、たちまちあっちへ移っている。古い言い方をすると、降りみ降らずみするのが時雨だ。その時雨の特色をうまくとらえたのが惟然の句だ。

惟然は芭蕉門の俳人だが、師の芭蕉が亡くなってからは諸国を放浪、口語を大胆に取り込んで軽妙洒脱《けいみょうしゅだつ》な句を詠んだ。掲出句も、時雨がやってきた、人が時雨を避けて家に走って入った、時雨が去って晴れた、と時雨の動きを軽妙に表現している。

水さつと鳥よふはふはふうはふは
水鳥やむかふの岸へつういつい

右の一目は「水さっと　鳥よふわふわ　ふうわふわ」と読む。「水さっと」は水しぶきをあげて着水したようすだ。二句目の「むかふ」は向こう。二句ともに水鳥の動きを示すオノマトペが楽しい。掲出句の三回の「けり」も、時雨の軽快さを感じさせるかも。

はつ雪を煮て喰《くらい》けり隠《いん》居《きょ》達《たち》

小林一茶

初雪を煮て食べるって、どういうことか。とても飢えていて雪でも食べるほかないのか。でも、それはあまりに極端すぎるだろう。「隠居達」とあるから、この句に登場しているのは数人の老人たちである。もしかしたら面白がっているのではないか。「ひとつ、このうまそうな雪を煮て食べるか」「そうだな。雪汁というか雪スープでも作るか」。こんな会話が聞こえてきそう。もっともスープなんて言葉を江戸時代の一茶が知っていたわけではないが。

「初雪や今に煮らるる豚あそぶ」も一茶の句。初雪を煮て豚汁でも作る感じだ。ともあれ、初雪を煮るとはどういうことか。それが実は私には分からないのだが、老人たちがとても楽しんでいる気がする。

「さあ、雪を煮るぞ」「あの庭の豚もこの中へ入れるか」などと話しながら。なんとも不逞《ふてい》というか、奇妙な老人たちではないか。もしかしたら半ば呆《ほう》けているかもしれない、このいかがわしい隠居たちは。

大根を丸《まるた》でかぢる爺《じじい》かな

小林一茶

「丸（丸太）」は皮をはいだままの材木だが、この句では大きな大根を指す。洗ったばかりの大根にかじりついているのだろうか、この句の爺は。

角川ソフィア文庫『一茶句集』では、編者の玉城司氏が「野性味あふれた爺のたくましさを詠んだ作。一茶の自画像か理想像だろう」と解説している。

ほぼ賛成だが、この爺もかなりいかがわしい感じがする。いとしい女の足でも連想している？　爺には歯がないだろうから、歯茎で生大根をかじっているのだが、その図は野性味とか理想図というより、呆けや狂気に近いかも。ともかく、この句の爺はすさまじい。

一茶には「大根《だいこ》引大根で道を教へけり」という、よく知られた句があるが、このほほえましい大根引きの句よりも、大根を丸かじりする途方もない爺に私は魅かれる。二〇一五年十一月十九日、長野県信濃町であった一茶の一八九回忌の集いに私は参加。以上のような一茶の俳句のすごい老人たちへの共感を講演で語った。

安々と海鼠《なまこ》の如き子を生めり

夏目漱石

俳句では海鼠は冬の季語。だからこの句、冬に子どもが生まれた際の感慨である。それにしても、海鼠のような子、というたとえはちょっとひどいかも。漱石に最初の子が生まれたのは一八九九年の五月、この句はその折のものであった。つまり、海鼠が冬の季語だという意識なしに作られた。いや、子どもの海鼠のような感じにびっくりして季語の意識などはすっとんでしまったのかも。

ちなみに、その海鼠のような子は「筆」と名付けられた。妻は字が下手だが、筆と名乗ったら字が上手になるだろう、という願いを込めた命名だった。

もっとも、妻の鏡子の『漱石の思い出』（文春文庫）には、「皮肉なことに私以上の悪筆になってしまったのはお笑い草です」とある。やはり、海鼠の如きと言ったことをうらんでいる口吻《こうふん》だ。長女の筆子もまた、こんな名を付けられたから字が下手になった、と漱石をうらんだらしい。

霜やけのかゆきをかくや
足袋《たび》の穴

寺田寅彦《とらひこ》

寺田寅彦は一八七八年の生まれ。物理学者、随筆家として著名だが、熊本の第五高等学校の生徒だったころから漱石に俳句を学んだ。寅彦はいわば漱石門下の俳人だった。

その寅彦の句だが、霜焼けも足袋も冬の季語である。言葉数の少ない俳句では、一句に季語は一つ、というのが常識だ。でも、そのような常識を気にしないおおらかさ、それが漱石流、寅彦流なのかもしれない。

それにしても、寅彦の句はなんだかなつかしい。霜焼けも足袋も私の少年時代のごく普通のものだった。足袋の穴から霜焼けをかくとほんとうに気持ちがよかった。自虐《じぎゃく》的な快感！　もっとも、足袋の穴（破れ）が広がり、その穴を夜なべ仕事で繕《つくろ》う母を困らせたが。

ともあれ、寅彦のこの句は、一時代前の、すなわち明治、大正、昭和の風景だ。では、その時代を詠んだ寅彦の句をもう一つ引こう。

「雪の国もんぺの国に参りける」

湯豆腐やいのちのはての
うすあかり

久保田万太郎

俳句は何かを斬新《ざんしん》に定義する場合がある。いや、何かを斬新に定義すると名句になる、というべきかも。

この句も、「湯豆腐や」で湯豆腐とはどんなものかと問いかけ、その答えを「いのちのはてのうすあかり」として示している。つまり、一句の中で見事な問答が行われているのだ。

「いのちのはてのうすあかり」とは、はかない命の最後のほのあかり、ということだろうか。なんだか哀れというか、ものがなしい感じだが、それだけに湯豆腐はうまいのである。

湯豆腐は高価というわけではない。どちらかというと安く、しかも料理も簡単。でも、寒い夜などに、家族や友人と湯豆腐の鍋を囲むと、心身がほんとうに暖かくなる。そのあたたかさが、「いのちのはてのうすあかり」という思いになったのだろう。

作者は一八八九年に東京・浅草に生まれ、演劇、小説、俳句などで活躍した。俳句では東京の市井《しせい》の情緒を巧《たく》みに詠んだ。

河《か》馬《ば》の背のごときは何ぞ
おでん酒

上田五《ご》千《せん》石《ごく》

季語「おでん酒」は、おでんを肴《さかな》に飲む酒。湯豆腐を囲む酒だと静かというか大人のしみじみとした酒席という感じだが、おでん酒だと議論や口げんかをしながらのにぎやかな酒になるだろう。

ちなみに、この句の「河馬の背のごときは」は何だろうか。ちくわ、厚揚げ？ともあれ、おでんの鍋の中に河馬が沈んでいると思うと、おでん酒がいっそう盛り上がりそうだ。

じゃがいも、厚揚げ、大根。私がおでんで好きなものはこの三品である。居酒屋などでおでんを注文するときはまっさきにこの三品を頼む。その次には玉子、ごぼうてん、こんにゃく。この順序はなぜか不動だ。「軍艦はきらいおでんの豆腐好き」は私の句。この句の豆腐は河馬のような厚揚げを指している。

五千石は一九三三年生まれの俳人。五千石という俳号はちょっと変わっているが、江戸時代に富士川のデルタ地帯に作られた新田の名前に由来するらしい。彼は中学・高校時代を静岡県で過ごした。

ちゃんちゃんこアルゼンチンチン共和国

芳野ヒロユキ

ときどき、小学生といっしょに俳句を作る。その際、自己紹介として「春の風ルンルンけんけんあんぽんたん」を唱える。これが私の俳句です、と話すと、子どもたちの表情がゆるむ。ついでに、「十二月どうするどうする甘納豆」も唱えると、さらにゆるむ。

ヒロユキは静岡県の高校教師だが、ちゃんちゃんこの句を唱えると、おそらく教室がどっと湧く。「カタバミは山崎自転車屋のおやじ」なんて句も高校生に受けるだろう。ヒロユキは一九六四年生まれ。ちゃんちゃんこの句は、句集『ペンギンと桜』（二〇一六年）にある。この句など、意味を考えようとしたら何が何やら分からなくなる。意味はどうでもいいのである。五七五の言葉のリズムに、ぱっと反応したらそれでよい。意味でなくリズム（音感）、という側面が俳句にはある。それは短い表現の大事な要素だ。ちなみに、ちゃんちゃんこを着た子がけんけんでもしているような、そんなイメージも、この句にはある。

セーターは手洗い男は丸洗い

小西雅子

ちゃんちゃんこ、綿入れ、どてら、角巻《かくまき》、ねんねこ、頭巾《ずきん》。これらは俳句歳時記に出ている冬の防寒着。いずれも和風のものだが、その一方に、セーター、オーバー・コート、マント、マフラーなどの洋風の季語もある。

和風が洋風に押されている、というのが現代の冬着の実情かもしれない。雅子の句、手洗いと丸洗いの対比がなぜかおかしい。手洗いのほうが丁寧で、丸洗いのほうは叩いたり踏んづけたりなのかも。ともあれ、丸洗いされた男は、うれしそうに、あるいは得意そうに最愛の妻の手洗いのセーターを着るのだ。

「わたし素足さくらも素足さようなら」「熱燗《あつかん》や男が先にごめんなさい」「悴《かじか》んでワニは両あご閉じている」。これらも雅子の句集『雀食堂』（二〇〇九年）にある句。素足の句はヒロユキの句のようにリズムが生き生きとしているし、熱燗やワニの句はなんともおかしい。一九五四年生まれ、京都市に住むこの俳人はユーモアのセンスに富む。

おでん酒貧乏ゆすりやめ給へ

倉橋羊村《ようそん》

「おい、その貧乏ゆすりをやめろよ。せっかくの酒がまずくなるよ」と、咎《とが》めている声が聞こえそうな俳句。もっとも、最近は貧乏ゆすりをあまり見なくなった。先の東京オリンピックのころには、たとえば今の時期の電車に乗ると、何人かの貧乏ゆすりを見かけたものだが。そうそう、すぐに顔を赤くする、いわゆる赤面恐怖症の人もあまり見かけなくなった。

貧乏ゆすりも赤面も無意識のしぐさだが、社会や暮らしの変化が、それらを減少させたらしい。ともあれ、貧乏ゆすりをされたら、おでんも酒も確かにまずくなるだろう。

貧乏ゆすりのあったころ、私はおでんを「関東煮」と呼んでいた。おでんの関西地方における呼び名が関東煮だった。ところが、いつの間にかおでんの名が広まり、今では、たいていの関西人がおでんと呼ぶ。

「軍艦が窓にとどまりおでんの日」「軍艦はきらいおでんの豆腐好き」は私の作。おでんの具の豆腐、じゃがいも、大根が好きだ。

コンビニのおでんが好きで星きれい

神野《こうの》紗希《さき》

貧乏ゆすりや赤面する人と入れ替わるかのように、コンビニのおにぎり、そしておでんが人気になった。もっとも、季語のおでんは冬だが、コンビニのおでんは秋に既に売っている。この句、「星」だけでは季語とは言い難く「コンビニのおでん」が季語だろう。では、これ、秋なのか冬なのか。私としては、おでんはやはり冬、と思うが、それはもう老人の考えかも。

作者は一九八三年生まれ。高校時代から俳句に興味を持ち、テレビの俳句番組の司会を務めた。大学院で俳句を研究し、今では若手俳人の代表格である。

最近、エッセー集『もう泣かない電気毛布は裏切らない』（日本経済新聞出版社）、『女の俳句』（ふらんす堂）を立て続けに出した。「編みかけのセーターじゃがいものスープ」「短めが好きマフラーも言の葉も」のように、普段の平易な言葉で句を詠む。

私としては、彼女は、わが若い同類、という気がして、この人がとても頼もしく見える。

喰《く》ひ尽《つく》して更に焼いもの
皮をかぢる

正岡子規

空腹がひどく、焼芋のほかには食べるものがないので皮までかじったのだろう、という人があった。すると、別の人が、そのように読めるけれど、焼芋好きな人がこの句の主人公じゃないですか、と応じた。そして、好きだからもっと食べたいという気持ちが「皮をかぢる」だと思うなあ、と付け足した。

ある日の句会での議論だったが、私は後者に賛成した。子規は好物に目のない人で、随筆「くだもの」（一九〇一年）には、りんごは皮がうまいので、わざと厚く皮をむいておき、実を食べ終わったらその皮の裏を吸うと書いている。

ちなみに、この「くだもの」によると、学生時代の子規は奨学金が入ると、まず牛肉を食べて元気をつけ、それから好物の果物を買った。「大きな梨ならば六つか七つ、樽柿ならば七つか八つ、蜜柑ならば十五か二十」くらいを一度に食べるのが常習だったという。樽柿は渋抜きした柿だが、酒のあき樽に入れ、酒気で渋を抜いたのでこの名がある。

神様はいつも親切焼芋屋

原ゆき

落ち込んでいたとき、あるいはとっても寒い日、焼芋屋に出会ったのだろう。そして、まるで神様からの贈り物のような、あつあつの焼芋を手にしたのだ。句集『ひざしのことり』（二〇二〇年）から。作者は一九六二年生まれ、東京都に住む。

近年、私の冬の楽しみは、おやつの焼芋。アルミホイルに包んだ徳島・鳴門の金時芋を無水鍋に入れ、弱火で小一時間。部屋中に甘い芋の香りが漂う。芋の半分はそのまま食べ、残りは深皿で潰し、熱い牛乳をかけて食べる。実は、子どものころ、山羊《やぎ》の乳をかけて食べていたのだが、その思い出を、山羊を牛に替えて楽しんでいる次第。

私の育った四国の佐田岬半島は、麦とさつま芋が主産品だった。ほぼ一年じゅうさつま芋を食べたが、一番好きな食べ方がふかした芋に山羊の乳をかける食べ方だったのだ。山羊の世話をするのは子どもの仕事で、餌の草を刈ったり、散歩に連れ出したりした。乳もしぼった。

或《ある》夜《よ》半《わ》の炭火かすかに
くづれけり

芥川竜之介

自分でおこし、そして育て、用が済めば後始末をする。それが火だと思っている。そんな火から遠ざかって久しい。

わが家には、かろうじて台所のガスの火があるが、これはスイッチをひねるだけだから、先の火の条件を満たさない。私は煙草をやめたので、マッチやライターもない。要するに、今は火が見えなくなった時代だ。

屋外での焚火《たきび》も条例などで禁じられているし、かまど、火鉢なども使われなくなった。でも、原子炉が典型だが、火は目に見えない場所で人の暮らしを支えている。いや、人間は火によって今に至る文明を築いてきた。火は見えない場所でホモ・サピエンスを支えている。

『芥川竜之介俳句集』（岩波文庫）から引いた炭火の句、真夜中に、たとえばかさっと音がして炭火が崩れたのだ。その音、ちょっとだけ現実離れをした気配。なんだか記憶の中の音みたい。それで「或夜半の炭火」と言ったのだろう。静かな冬の夜、灰をかぶった炭火がほのかに赤い。自分の心みたいに。

埋《うずみ》火《び》や我《わが》かくれ家も雪の中

与謝蕪村

二酸化炭素を出す火は消そう、というのが世界の流れである。石炭や石油はやめて太陽光などの再生可能エネルギーを使い、脱炭素社会を実現しなければ、温暖化が進み、地球が破壊されてしまう。

火をめぐる問題は今や世界的な大問題である。ということを意識したうえで、この蕪村の句は、どうだろう。灰に埋めて燃焼を少なくして火力を保つ、それが埋火だ。

埋火のある火鉢にあたりながら、自分の家を「まるで隠れ家だな」と、この句の主人公は思っている。火は灰に埋もれ、さらには家を包む雪にも埋もれている。二重に埋もれた小さな埋火は、蕪村の心そのものかも。

つい先日、近所にいる大学生の孫が来て、「このごろはキャンプで焚火をするのが若者に人気だよ」と教えてくれた。ちょっとうれしかった。

火をおこし火を育てる、その火の起源のような現場感覚、そこにおいて今日の難問がほぐれそうな気がするから。

日《ひ》脚《あし》伸ぶわたしが折れて仲直り

山田弘《ひろ》子《こ》

日常ではほとんど使われないが、季語としてはとても人気のある言葉がある。「日脚伸ぶ」がその例だ。

一月も半ば、つまり冬の終わりが近づくと、俳句を作る人々はわれもわれもと、この季語を使う。

昼間の時間、あるいは太陽の日差しが日脚であり、それが長くなって春の近づく感じが晩冬の季語「日脚伸ぶ」。日脚は一日に畳の目一つ分伸びるという。

弘子の句は一九八一年の作。太平洋戦争の敗戦後、女と靴下が強くなった、とひとしきり言われた。この句の「わたし」はその強くなった女性だろう。日脚も伸びたし、ここは私が折れて仲直りしておくか、というのである。このようにしなやかに折れるところ、それが女性の強さ。

弘子は一九三四年兵庫県生まれ。「ホトトギス」に拠って活動した。「日脚やや伸びてゐたりし君の椅子」も弘子の作。この君は仲直りした相手だろうか。彼女は二〇一〇年に七十五歳で他界した。

手ぐさなる老のめがねや日脚伸ぶ

阿《あ》波《わ》野《の》青《せい》畝《ほ》

「日脚伸ぶ」は太平洋戦争の敗戦後に広がった季語である。この季語が愛される背景には、日本の経済的な成長があったのかもしれない。未来への明るい期待感、それがこの季語を支えたのではないか。青畝の句は経済成長が一段落した一九八七年の作。

この句の「手ぐさ」は手慰《てなぐさ》みにするもの。老人は眼鏡を手でもて遊んでいるのだが、その行為に余裕というか、老いのゆとりを感じたのが、この句である。老眼鏡をすてきな小道具のように感じさせたのは、もちろん、日脚が伸びたから。伸びた日脚が老人の手を遊ばせている。

青畝は俳句雑誌「かつらぎ」を主宰したが、一九九二年に九十三歳で他界した。晩年の彼の口癖、「長生きは得でっせ」は一時期の俳句界で有名だった。関西弁の「得でっせ」は「得ですよ」という意味。その口癖どおり、長い人生を、俳句を手ぐさに彼は生きた。

口紅のあるかなきかに雪女

真《ま》鍋《なべ》呉《くれ》夫《お》

雪女にあこがれている。
「雪国地方の伝説で、大雪の夜などに出るという雪の精。白い衣を着た女の姿で現れるという。雪女郎。雪娘」

以上は『広辞苑』の解説だが、あこがれていながらいっこうに出会わない。

雪女は俳人好みの冬の季語だから、雪女の俳句はずいぶん多いが、呉夫の句の口紅をほのかにさした雪女はめずらしい。なんとなく現実的、しかもなまめかしいではないか。

呉夫の句は句集『定本雪女』（一九九八年）から引いたが、句集の題名にしているくらいだから、作者は雪女に強く魅かれているのだろう。句集では、雪女の本質は、「新しい詩と宗教と科学に分化する以前の混沌《こんとん》とした、それだけにきわめて創造的なエネルギーのかたまり」だ、と述べている。この説明を読んだ今、私はますます雪女に会いたくなっている。

ちなみに、呉夫は二〇一二年に九十二歳で他界した。小説家、そして俳人であった。

ごみ箱を洗って干してあっ風花

藪ノ内君代

風花は、晴天に舞う雪片である。雪雲の一つもない上天気の日、きらきら光って舞う風花は印象的だ。

遠くの山などの雪が風に乗って来るのが風花だが、日本海側に雪が降って太平洋側が晴天のとき、太平洋側は絶好の風花日和になる。風花が肩や髪にふっと止まったとき、なんだか幸運が舞い込むような気分になる。もっとも、私は白髪、髪に風花が付着しても見分けがつかない。先の「肩や髪に」は修辞的誇張というか、ついつい調子に乗って言ってしまったのだ。つまり、調子に乗るくらいに私は風花が好き。

君代の句は句集『風のなぎさ』（二〇〇七年）にあるが、「ごみ箱を洗って干して」という日常的な仕事が、「あっ風花」で一挙に日常を脱する。というか、非日常的な気配を風花がもたらし、ごみ箱が瞬間的に魔法の箱に転じる。その転換を生じる「あっ風花」という表現がまさに風花のように軽くて快い。作者は一九五三年生まれ、私の俳句仲間だ。

約束の寒の土筆《つくし》を煮て下さい

川端茅舎《ぼうしゃ》

誰かと約束をした。こんど寒中の土筆を摘んで、それを煮てあげます、と。ほぼ不可能な約束だが、恋にからむ約束などには時にこのような場合がある。あなたのためだったら、あの崖の上から飛び降りますよ、というように。

茅舎の句、その約束の実行を迫っている。女性が男性に要求している感じだ。茅舎は一八九七年生まれ、この土筆の句は句集『白痴』（一九四一年）にあるが、その句集は彼が病没する三日前に出来たという。

ところで、一月五日の小寒から二月三日の節分までが寒中で、二月四日には寒が明けて立春、すなわち春になる。

寒中は一年間で最も寒い時期だが、かつてはその寒さをエネルギーというか活力とみなし、積極的にそれを心身に取り込もうとした。

今も行われている寒稽古はその端的な例だし、水にしても、寒中の水は特にうまく、腐りにくくて薬効もあると言われ、酒造りや餅つき、紙漉《す》きなどに用いられた。

鯛は美のおこぜは醜の寒さかな

鈴木真砂女

「寒肥《かんごえ》」「寒紅」「寒餅」「寒の水」……。これらは寒中の寒さを力とみなした季語だ。
「寒肥」は寒中の肥料だが、寒中に肥料をやると特に効き目が大きいという。
「寒紅」は寒中に作られた口紅、品質がよいとされた。もちろん、化粧の効果もあったのだろう。
「寒餅」は寒中についた餅、カビが生えにくいといい、かつては寒中についた大量の餅が保存食の水餅になった。

以上のような寒中の寒さに対する思いは、今ではかなり希薄になっているだろう。衣料や暖房器具が進化し、耐寒が容易になったから。また、水道水の水質が向上し、売られているミネラルウオーター類も豊富になり、寒中の水を特別視する理由が減った。

だが、今なお、寒中が寒い時期であることには変わりがない。春はこの寒さの先に待っている。

真砂女の句、寒さに美醜があるという発想がおかしい。オコゼが怒りそうだが、怒れば怒るほどオコゼはいよいよ醜い寒さになるだろう。

海くれて鴨《かも》の声ほのかに白し

松尾芭蕉

あれは琵琶湖畔の長浜へ鴨鍋を食べに行ったときだった。
食べ始めたころ、雪がちらついていたが、すっかり満腹し、さて、これから俳句を作ろうか、という雰囲気になって立ち上がり、やおら窓をのぞいたら何も見えない。しんしんと雪なのだった。さっきまで鴨が浮いていたはずの琵琶湖が白い世界の中へ消えていた。

この芭蕉の句だが、「鴨の声ほのかに白し」が印象的だ。声（音）を聴覚でなくて視覚で受け止め、暮れた暗い海に白い声になった鴨を浮上させる。実に幻想的。鴨鍋に夢中になったことに反省を強《し》いられる気がしないでもない。ともあれ、「海くれて鴨の声」と暮れた暗い海に鴨の存在を示し、その鴨の声を「鴨の声ほのかに白し」と断定した、そのきっぱりした見方がすごい。琵琶湖畔の私はこの句を口ずさみながら、白い声の鴨を雪の精霊かも、と思った。この句、一六八四年、芭蕉四十歳の作である。

白鳥といふ一巨花を水に置く

中村草田男

白鳥はカモ科の鳥である。でも、鴨鍋はあるが、白鳥鍋は聞いたことがない。死後に白鳥になったヤマトタケルの伝説があったりして、白鳥は食べづらい鳥になった？　なんでも昔のイギリスでは貴族階級の特権的食べ物が白鳥だったらしい。

　草田男の句、水に置いたのは誰だろう。それがイギリスの昔の貴族だとしたら、食べるために池で飼っているということになりそうだが、この句の水に置いた主体は、いわばこの世の造物主に違いない。つまり、神のような存在だ。

『季題別　中村草田男全句』（二〇一七年）を見ると白鳥の句は六〇句もある。対して鴨の句は一七句。「世は寒しインバネス被《き》て鴨を毟《むし》る」がその鴨の句の一つだが、「毟る」は鴨の羽をむしり取って料理するということだろう。白鳥はあがめ鴨は食べる、その草田男の態度は、日本人の平均的な感覚に違いない。

　私にしても、かつて新潟県の瓢湖《ひょうこ》で白鳥を見たが、食材がいっぱい！　とは思わなかった。

みちのくの星入り氷柱《つらら》
われに呉《く》れよ

鷹《たか》羽《は》狩行《しゅぎょう》

「星入り氷柱」は星が入っている氷柱。もちろん、氷柱の中に星が入っていることはありえない。星が入っているかのようにきらきらしている氷柱、それが星入り氷柱だろう。

東北のどこかの町の軒下、あるいはスキー宿のベランダなどにこんな氷柱があって、この句の主人公「われ」は、恋人かだれかとそれを見たのにちがいない。だから、「われに呉れよ」とはプロポーズに近い感情だ。氷柱に入った星はいっしょに見た君の心かもしれない。

右のようにいくらでも連想の広がるこの句は、句集『誕生』（一九六五年）にあり、作者三十代の作。この句集に序文を寄せた山口誓子《せいし》は、この句を特に取り上げ、「心が優遊し、言葉もそれに伴つて優遊してゐる句」と絶賛した。優遊するとは、現実を踏まえながら現実を超える、そのような心と言葉の相乗した働きだ。私事だが、二十代のころにこの句などに出会って、私は同時代の俳句への興味をつのらせた。

ひたひたと生きてとぷりと
海鼠《なまこ》かな

本村弘一

海鼠には名句が多い。「生きながら一つに氷る海鼠かな」（松尾芭蕉）、「尾頭の心もとなき海鼠かな」（向井去来《きょらい》）、「憂きことを海月《くらげ》に語る海鼠かな」（黒柳召波《しょうは》）、「安々と海鼠の如き子を生めり」（夏目漱石）などをすぐに思い浮かべる。

海鼠はもっとも表情の乏しい生物だと思うが、俳句の世界では逆にもっとも表情に富む。

弘一の句では「ひたひた」「とぷり」のオノマトペが海鼠の表情を際立たせている。海鼠は確かにひたひたと生きてきて、今はとぷりと存在している感じだ。句集『ぼうふり』（二〇〇六年）から引いた。

弘一は一九四七年に新潟県に生まれた。千葉県の高校教師をしながら俳句を作り、私が代表をつとめている俳句グループ「船団の会」で活躍した。私のライバル的存在だったが、二〇一六年に六十九歳で他界した。

「ゆきのままかたまりのまま雪兎《ゆきうさぎ》」も先の句集にある句だが、この雪兎も海鼠の仲間のように私には見える。

マスクして人の背中が前にある

加《か》倉《くら》井《い》秋を

この句に従えば、マスクした人ばかりの現代、人はみな背中を前にして後ろ向きに歩いている、ということになる。なんだかおかしいが、この感じは分からないでもない。マスクの人の表情はたしかに見え難く、まるで背中を見ているようだから。

ところで、講義や講演の際、受講生の表情を見て話を展開するのが私の流儀だった。みながマスクをしていると、たとえばどれくらい笑ったのかが判断できない。というわけで、新型コロナウイルスは、ねんてん流話術を妨《さまた》げている。もちろん、恋人たちはキスができないし、マスクを掛けたり外したりして食べる食事ももう一つだ。

実は、マスクは冬の季語だった。この句のマスクも冬の季語として使われている。だが、二〇二〇年の春以来、だれもがマスクをしてきた。マスクは冬という季節に限定されなくなった。でも、もう一度冬の季語に戻ってほしい。それも出来るだけ早く。加倉井秋をは一九八八年に他界した俳人。句集に『真名井』などがある。

はやり風邪家の鬼門に火を焚《た》かな

星野麥丘人

「火を焚かな」は〈火を焚きたい〉の意。流行する風邪（インフルエンザ）を退散させるために、鬼門で火を焚きたいというのである。このような呪術《じゅじゅつ》が実際にあるのかどうか、それは知らないが、そのようにしたい気分はよく分かる。もっとも、そんな呪術ではコロナウイルスに太刀打ちできないが。

風邪、インフルエンザは冬の季語である。新型コロナについても、どこかの国の大統領が風邪みたいなもの、と言い放った。とすると、これもやがて季語になるのだろうか。季語になるためには、その言葉が親しむ対象にならなければいけない。マスク、風邪はいやなものであっても、いかにも冬らしいものとして人々がなじんだ。このなじむということが生じると、コロナも季語になるだろう。でも、当面はなじめそうにない。

麦丘人は二〇一三年に他界した俳人。句集にこの句の出ている『小椿居』などがある。

ふぐ喰うてをとこと思ふ
あしたあり

大伴《おおとも》大江丸《おおえまる》

河豚《ふぐ》を食べてこそ男だ、食べた後の朝はなんともすがすがしい、というのだろうか。それとも、河豚を食べたら男として一人前だ、と人に勧めているのだろうか。もっとも、ジェンダーの観点からいえば、この句は男に寄り過ぎ、女性を河豚から締め出している気配がある。

大江丸は江戸時代の大阪の俳人。そのころ、河豚を食べてこそ男、とみなされていたのだろう。当時は河豚中毒で急死することが珍しくなかったようだから、河豚に手を出さなかった女性の方が賢明だったのかもしれない。

現在、ちゃんと料理された河豚は、冬の代表的な美味である。私はコロナが落ち着いたら下関へ河豚を食べに行きたい、と思っているが、実際に河豚を目の前にすると、ちょっとだけ覚悟というか勇気がいる。ちなみに、一九七五年に歌舞伎俳優の坂東《ばんどう》三津《みつ》五郎《ごろう》（八代目）が河豚中毒で急逝《きゅうせい》した。大きなニュースになったので私の記憶に残っている。

鮟《あん》鱇《こう》の骨まで凍《い》ててぶちきらる

加藤楸邨

河豚鍋はいうまでもなく寄せ鍋、鴨鍋、鮟鱇鍋、猪鍋、きりたんぽなどの鍋料理は、寒い冬の日をとっても暖かくしてくれる。

太平洋戦争の敗戦直後のこの句は、鮟鱇を吊《つ》るし切りという独特の料理法でさばいているさまを詠んでいる。鮟鱇はぬるぬるしていて身が柔らかく、まな板の上ではさばけない。この鮟鱇、捨てるところのない魚としても有名で、皮から内臓までことごとく美味だという。特に海のフォアグラと呼ばれることもある肝は人気が高い。

「あん肝と老いらくの恋煮てはダメ」（山本直一）は句集『ちんたらぽん』（編集工房ノア）にある私の俳句仲間の作だが、この句の気分、よく分かるなあ。というか、大賛成だ。この句の煮詰めてはダメというふるまいは老いの極意なのかも。

横へ逸《そ》れかけたが、一九〇五年生まれの楸邨は昭和の代表的俳人。彼には「雉子《きじ》の眸《め》のかうかうとして売られけり」もある。鮟鱇も雉子も命のかたまりそのもの、という感じがするではないか。

本書は「聖教新聞」の連載「ねんてんさんの名句旅」(二〇一四年七月〜)の一部を収録し、加筆・修正したものです。

坪内稔典

つぼうち・ねんてん

一九四四年愛媛県生まれ。俳人、日本文学研究者。正岡子規や夏目漱石の研究者として知られる。著書に『四季の名言』『柿日和——喰う、詠む、登る』『子規とその時代』『カバに会う——日本全国河馬めぐり』『俳句いまむかし』など多数。二〇一〇年、『モーロク俳句ますます盛ん——俳句百年の遊び』で桑原武夫学芸賞を受賞。京都教育大学・佛教大学名誉教授。言葉を考える集い「ことばカフェ」オーナー。

潮新書 051

ねんてんさんの名句百選

2023年 2月20日　初版発行

著　者｜　坪内稔典
発行者｜　南　晋三
発行所｜　株式会社潮出版社
〒102-8110
東京都千代田区一番町6　一番町SQUARE
電話　■ 03-3230-0781（編集）
　　　■ 03-3230-0741（営業）
振替口座 ■ 00150-5-61090

印刷・製本｜　株式会社暁印刷
ブックデザイン｜　Malpu Design

ISBN978-4-267-02386-6　C0295